続 読むラジオ 坂ちゃんのずくだせえぶりでい

はじめに

♪坂ちゃんの〜ずくだせえぶりでぃ〜〜♫

このジングルから毎朝始まる足かけ12年になる番組。その冒頭を飾るコラムをまとめた『読むラジオ　坂ちゃんのずくだせえぶりでぃ』の発刊から3年。その間に重ねた約1000回分をベースに再び出版することになりました。今回、この本を出版するにあたり前回とは大きく異なる点があります。まずは著者名が「SBCラジオ」から「坂橋克明」となっています。会社員時代に出した前作とは違い、今回は個人名、フリーパーソナリティーとしての出版となりました。

本書の前半は前作同様に番組冒頭のコラムから抜粋しました。そして後半は、会社員時代の回顧録、『坂ちゃんのずくだせえぶりでぃ』誕生エピソード、そしてどうしても伝えたかった亡き菊地恵子さんへの思い、さらにフリー決断の背景と今後への決意など、普段の番組では触れることのないエピソードを綴《つづ》りました。

ぜひ番組のテーマソングをイメージしながら読み進めていただけたら幸いです。

恵子さんも空の上で笑いながら読んでくれると信じて…。

目次

表紙撮影：綿貫みどり
表紙使用の書：あおのよしこ（デザイン書道家）

1

『ずくだせえぶりでい』の時間

しゃべらない？ しゃべれない？……………… 2018.08.29

会話能力の低下が言われる現代。

無言で接客する店員、隣の同僚とも話さず、一言ですむことすらメールで送る残念さんがいるのは、何とも嘆かわしい状況。会社でさえそうだから、家でもそうなのか。どっちが、まずありきなのかはわからないが、いずれにしろ会話の円滑さが失われることには違いない。


ある家族。休日にドライブに出掛けたが、その途中でドライバーのお父さんがトイレタイムで道の駅に寄った。

「じゃ、ちょっと待ってて、行ってくる」とドアを開けてトイレに向かう。

高校生の息子も妻も車内にいるのでエンジンはかけっぱなし。

車内に二人になったのもつかの間。

「やっぱりお母さんもトイレに行っておく」と、息子を車内の助手席に残し、母もまたトイレに向かう。車内に一人とはいえそこは高校生。心配ない。

1.『ずくだせえぶりでい』の時間

しばらくして父親が戻ってくる。エンジンをかけっぱなしの車に乗り込んで、待たせて悪かったと思ったのか、すぐにアクセルを踏んで出発。

しばらく走らせると隣に乗っていた息子がぼそっと一言。

「お母さんいつ迎えに行くの？」

「いつ迎えにって…。えーっ、お母さん乗ってないのか？　なんで早く言わないんだ！」

妻は後ろにいるものと思い発車した旦那の顔面は真っ青。

「は、は、早く戻らないと…」

道の駅に戻ると仁王立ちの妻が鬼の形相で腕組みをして待っていた。

「ちょっと、どういうこと！　なんで置いていくのよ！　連絡しようにも携帯も全部車内じゃどうしようもないじゃない！」

旦那はもう責任転嫁。

息子に「なんで言わないんだ！」と言えば、息子は息子で「ちょっと先に用事があって、また戻るのかと思ったから」と答える。

「そんなはずないだろう！　お前もトイレに行くなら行くって言え」と今度は旦那が妻に逆ギレ。妻は妻で「冗談じゃないわよ。いないのに気づかないほうがおかしいじゃないの！」

とこちらもキレる。

それぞれの勝手な思い込みが生んだちょっとしたトラブル。

一言言っておけば…。

しゃべろうとしないとしゃべらない。

しゃべらないとしゃべれなくなる。

会話の機会の喪失は、危機管理に後手後手となるのか。

かつてより全体の会話量が減っている中で、一言の重みは、ずっと増しているはずです。

こちらを隠せばあちらが？

2018.08.30

まだまだ、薄着のシーズンは続きますが、今になって慌てても遅いことを痛感している人は多いでしょう。

こんなことならもっと早くに取り組んでおけば良かった。ダイエットに…。

とにかく身につけるものが少ない時期、体の線は隠しにくく実体が出やすい。

おぼろげな記憶をたどり、確か夏にはけるパンツがあったと出してきて足を通してみるも、ボタンがやっとの思いで閉まる程度。薄着になりたいのに隠れるように長い服を上から着ざるを得ない。

寒さしのぎでもないのに、言ってみれば時期違いの埴輪《はにわ》ルック。

涙ぐましい工夫がほほ笑ましい。

おしゃれは、我慢や見栄《みえ》が必要だと言う。

ただし、おしゃれで言うところの我慢とは、本来は先取りのことで、まだ暑くても秋物に、まだ寒くても春物にという粋《いき》を指す。明らかになにかを隠すための我慢とはわけが違う。男性は、ある意味、見栄《みえ》より快適さ。つらさを我慢するよりそのままさらして開き直っているかのよう。ベルトの上におなかが乗っていようとそれを隠すためになにか羽織って暑さを自ら招くことなどするはずもない。

女性は補正○○などとあるほどカムフラージュに長《た》け、隠れた擬態の才能を持つ。それゆえまた、そのあたりを上手に、ビジネスとして狙う者もいる。

ある女性、出てきた下っ腹を隠すためコルセットのようなものを着けてみる。確かに下っ腹は目立たなくなる。だがちょっと待て。今度はへそより上のラインが妙に膨れ上がり、胃のあたりが不自然に出る。

なにこれ、空腹なのに膨満感？

やだこれ…。

これじゃいかんと、それを微妙にずらして今度は胃に回せば、今度は胸が出る。もはや子どもはとっくに独り立ちして母乳の必要もないのに、おっぱいが張る感じはなんだ？

「あー、ちょっとなつかしい…」って、そんなこと言ってる場合か！

下を隠せば上が出て、真ん中を隠せば上と下が出る。そりゃそうだ、当たり前。下っ腹の肉が分散するだけで、着けたからといって急に肉はなくなるはずもなく、肉がどこかへ分かれるだけ。

余分なお肉があちこちに分かれ、これが〝資産〟ならリスクの分散となるが、相手はお肉。〝肥満〟の分散では何のリスク管理にもなりゃしない。

妙な肉の散らしはかえっておかしな体形を作り出す。

あちらを隠せばこちらが出る。こちらを隠せばあちらが出る。

まるで昔の桐のタンスのように、空気の移動で下を閉めたら上が開き、上を閉めたら下が開く。

さあ、もうすぐ秋と自分をだますか、これを機に踏み出すか。

8月29日、焼き肉の日も過ぎた今。そのお肉大事に取っておくか、消し去るか。薄着の今こそ決断の時です。

I・H・A・P……2018.09.04

児童、生徒、学生…、それぞれの立場は違っても、今も昔も勉強が好きだという人のほうが多いということはまずないでしょう。

でも、大人になっていったいどれだけの人からこのフレーズを聞いただろうか。「もっと勉強しておけば良かった」と。その言葉を聞くたびに同感できます。

大人になってようやくわかることを「勉強が大事」と子どもに散々説いたとしても、その時点で子どもに理解しろというほうが無理でしょう。それはやはり学ぶことの意味を、しっかり大人が教えられないことに大きな問題があると、常々感じます。

とはいえ、やはり大人の視点からのことをいくら子どもに上手に説いても限界がある。少し知恵がつけばついたで、「これを勉強したところで何の役に立つの?」「なんでこんなことを勉強しないといけないんだ?」「これいつ使うんだよ?」と返事されるのが関の山。当時自分もそう考えたことを思い出します。

なにか考える時、いろいろな視点から考えられることによりさまざまな対処や、危機管理ができるはず。なんてことも大人になってこそ、わかるものではなかろうか。しかし、いろいろな視点とはいえ、果たしてこれがいつどこで自分を助けてくれるのか、想像も難しい。

たとえば私は理系が苦手。化学式に微分積分、当時も今もなにがなんだか…。これは実社会でいつ役に立つのか。足し算引き算、掛け算に割り算、買い物できれば十分だし、これだけでいいじゃん。そう思った自分が間違いなくいました。

まあ、そもそも算数までが精いっぱい。数学は基本が理解できてないのに、応用などできるはずもない。なにに利用できるなど考えも及ばない。

化学式の覚え方「水平リーベ、僕の船…」は、実社会でこれまで使ったこともない。学びの先の使い道が、想像できないものは、ずいぶんあったように思う。

文系とてそう。日本人が苦手な英語。呪文のように覚えた。

「How are you?」「I`m fine, thank you.」までで終わったという方も多いでしょう。それに例文は間抜けなものもあって、実生活にあまりに使えるイメージがわかない。否定の構文を覚えるとはいえ、「彼は少年ですか?」「いいえ、彼は少年ではなく、少女です」などという例文もあった。年ごろの子に男か女かわからないと言ったら屈辱だろう。

こんな英語が、今もどれほどあるかわからないが、義務教育で9年間学んでもしゃべれる人が、まずいないと揶揄《やゆ》の対象に必ず上がり、「もっと生きた英会話を」とあきれるほどに叫ばれている。

これっていつ使うんだ、という例文の数々は、今考えると突っ込みどころ満載だろう。


しかし、使う機会がないわけでもない。

ある日、タレントにサインをもらう列ができていた。そこに並んでいた外国人の女性がいたが、何やらモジモジしていてなかなかサインしてもらう段取りにならない。見ると、どうやら色紙はあるが、サインを書いてもらうペンを忘れて彼女はパニックになっている様子。後ろには人が待っている。でも、書くものがないゆえどうしたものか、いたずらに時間が過ぎる。

英語しかしゃべれず助けを求めることをできない様子の彼女に、らちがあかぬと見かねた後ろの人が反応する。

自分の筆記具を貸せばすむ話だと思い行動に出ようと…。しかし、いろいろ伝えるのもややこしい。ここはシンプルにと外国人に助け舟を出すことに。

「Hi! I have a pen.」

ピコ太郎もびっくり。基礎文型そのままが会話に使えた。

彼女の言った笑顔の「Oh! thank you!」を聞いて中学英語って大事なんだと、学校を卒業してから何年もたって実感したのでした。

世の中に無駄なことなど何一つないとは本当なのかもしれない。

マニュアル過

2018.09.07

マニュアル人間は確かにいます。まるで機械のように、判で押したような返答・対応ばかりする。いや、するというよりそれしかできなくなっている。

マニュアルとは、そもそも初心者にも理解できるようにと、基本中の基本を記しておくというもの。あくまでも導入としての一助にということで道筋をつけるためのツールでしかないのではないか。

しかし、人によってはマニュアルの域を脱することができず、マニュアルがあれば心配ない、さらにはマニュアルだけやっておけば大丈夫と思い込む。それは無思考を生むきっかけにつながる。

それゆえ、昼食の買い出しでスタッフのハンバーガー30個を注文したところ、「お持ち帰りですか？」などと言うフレーズを口にするレジ係も現れることになる。その場で30個もハンバーガーを食べるやつを見たことがあるか？

電池を買えば「こちらは温めますか？」。留学生がバイトしているなら仕方ないかとも思っても、マニュアルの意味をそもそもどう教育しているのか。
果たしてそれはマニュアルなのかどうなのか…。自己判断にしてもその根拠はなにか。どういう応対をこれまでしてきたのか。

あるデパートのフロア。
一人で買い物に来ていた婦人が女性店員に聞きます。
「すいません、おトイレはどこですか？」
女性店員は真顔で確認します。「女子トイレでよろしいでしょうか？」
婦人はその答えに自分の後ろを確認します。
あれ、誰かいる？　連れがいると思われた？
しかし、振り向いても誰もいない。
えっ、その確認いる？　目の前に私しかいないよね？
それで女子トイレでよろしいですかって…。
トイレの整備屋さんに見えた？

それとも単純に私っておっさん面なの？

一瞬にしていくつかの自問自答が行われたあと、「いや、女子トイレですけど…」と、ぼそっと答える。

女性店員は悪びれた様子もなく、「それならこちらです」。

ちょっと待て。それならっておかしくないか。やっぱり今あなた、私を男性か女性か確かめたよね？

私しかいないよね。なんで私が男子トイレ探す必要ある？

えっ、男に思われた？

その確認はなに？

それともトイレを聞かれたら、まずこのフレーズなの？

ＬＧＢＴ（性的少数者の総称の一つ）を踏まえてなんて問いじゃ絶対ないよね？

その対応がどんな意味を持つかとは考えない？

それがマニュアル？

それを考えられない？

いったいあの問いは…。

それともやっぱり普通に男に見えた？

マニュアルか、事実誤認か。

聞いた店員が悪いのか、はたまた男に見えたお客が悪いのか…。

いずれにしろ不快だったのはお客のみ。

指導者はアスリートファースト。サービスならば、お客ファーストと置き換えられないか。

決して無思考なマニュアルファーストではないはずです。

♪上を向いて～♫

2018.09.18

「頭を空っぽにする」と言うが、頭がいっぱいになっているなら、その分なにかをあけなきゃ、次に入るスペースは生まれない。

しかし、どれだけいっぱいになっているというのか。絶対にいっぱいになっているはずはないわけで、すべての脳を使い切って終えるなどあり得ず、自分の頭が容量オーバーになることなど一生ない自信はある。

詰め込めるはずのスペースも使い切ることなく日々暮らしているはず。ただ入っているものがどれだけで、どう入っているか絶対にわかっていない。

パソコンのように初期化できたら楽なのか。今まで入っているものを必要なものとそうでないものと簡単に区分けできないから、頭の中の化学反応は機械の処理を超える楽しさがあるのかとも思う。いつなにとなにが結び付いて思わぬ発想や知恵が生まれるかわからない。なにが無駄でなにが無駄でないか、そんなものはわからない。わからないから見たもの聞いたもの感じたものすべてを取り入れてやれと思う。そう、とにかく閉じこもるのでなく外に身を置けばなにか得られるものではないかと…。

スマホに、パソコン、テレビと3つの画面に支配されると、人は思考が退化する。支配し、使いこなす側に回るのでないと翻弄《ほんろう》されるだけ。

必要でもない情報に日々溺れそうになっていないか。できるだけ情報断食をと思って、休みを過ごしていても、つい時間があるとネットに触れてしまう。そんな自分に嫌気もさし、現代病にむしばまれていることを自覚。ただそれで、自分で取りにいく情報でなく、自然に入ってくる情報のほとんどがいかに必要のないものかとも気づく。見るともなく見るもの、聞くともなく聞くものの、なんと無益なことか…。

家族と一緒にいてみんな安全にいることが確認できている中で、欲しい情報などどれだけあるというのか？

今や電車に乗れば大勢が下を向き、家の外でも暇さえあれば下を向き、スマホの画面に漫然と目を落としている人の姿が当たり前に視野に入る。

いきいきした顔がまわりにあればそれだけで、また力を得られるが、画面に見入りながら周囲に視線がいかない人びとは表情もなく、光も感じず、空間に力をもたらさないもの。

のぞく画面からなにを得ているか。いたずらに奪われる時間と周囲から奪う覇気は目には見えぬが、社会の〝気〟の損失だと思う。

取らなくてもいい情報を勝手に入れて、無駄な思考で喜怒哀楽のブレをわざわざ自ら招く。時間と気持ちの使い方、かつてよりどんどん下手になっている気がする。

下を向かず、仲間の顔を見て、いきいきした楽しげな表情にあふれる空間は、エネルギーに満ちあふれるものだと感じました。

「上を向いて歩こう」という歌詞が妙に染み入りました。

覆《おお》いが多いと　2018.09.19

内と外。人は誰しも大なり小なりまったく同じ姿ではなく、違いがあるはず。そのくつろぎ方一つとっても明らかに違うのではないか。

特に休みの日などは違う。たとえば、女性は化粧をするしないを含め外見の差異もあるでしょう。部屋着のまま出掛けるわけにもいかない、多少なりとも寝癖は直す。サンダル履きで外出ともいかず、当然身だしなみは整える。そこには他人を意識するということがあるから。

ただ見た目をチェックということだけではすまないこともあるかと思う。「出物腫《は》れ物」とはよく言ったもので、人の意識がフラットになってしまう瞬間はある。

ある日、目の前に座った母と娘。会話も優し気で、親子は仲のいい感じ。穏やかでほほ笑ましい様子が見て取れる。

母親もなごやかな感じで、品よく会話をしている。そこには飾りはないと思ったが、次の瞬間。

それは一瞬のエアポケットだったのか…。顔の表情がゆるんで豪快なくしゃみ。「ヘックション！」

えっ、えっ？ さっきまでの穏やかな話っぷりとはずいぶん違う。

子どもがそれに驚くこともなく会話を続けている様子を見ると、これはいつも通りなんだろう。おしとやかな口調も豪快なくしゃみに印象が吹き飛ぶ。

こうした落とし穴はなかなかフォローしきれないか。

確かに準備できないものに対してのぞくとっさの反応は素が出るもの。

上品に食べようとしたところ思いがけない熱さに思わず口をつく、「あちっ！」の乱暴な反応、つらさや酸っぱさに品より先に体が反応してしまった、「ぐふっ」。

覆いが取れた時にのぞく姿は妙に人間くさくて思わず笑えるが、見られる相手によっては冷や汗もの。

内外の差がなくなればなくなるほどとっつきやすくなる気はします。

装飾品も振る舞いも身軽なさまは外からも好印象をもたれるものです。

「たかが」こそ　2018.10.11

挨拶《あいさつ》もろくにできない。あちこちでよく聞く言葉です。

でもね、私は挨拶をきちんとできれば、それはそれだけでたいしたものだと思っています。

「えっ？挨拶くらいみんなできるよ」と今、大勢の方が思ったはずです。

ただ挨拶とは決して「おはようございます」という言葉を言うだけではなく、相手の顔を見て、「しっかりと今日も一日生きます」「よろしくお願いします」という意欲表明と、さらに相手の受け止めや相手の表情からうかがえる体調・心情の確認作業なのです。

これをしっかりできているか？毎日きちんとできていれば、それだけでなかなかの意識を有しているはずです。社会における朝一番の自分と他者との関係認識です。

挨拶をバカにすることなかれ、誤解することなかれと思っています。

それと同様に、「お茶くみばかりやらされて」というフレーズ。

ひと昔前、雑用ばかりやらされるという、まるで負の印象の代表格のような形で言われたのがお茶くみ。「お茶をいれるために会社にいるんじゃないんです！」そんなたんかを切り社員がキレるシーンをドラマなどで、ずいぶん見かけた覚えがあります。

しかし、このお茶くみもまた挨拶同様の基本があるのでは…。

お茶の味がいれる人によって違う。同じ茶葉を使っているのに、明らかにこの人のいれてくれるお茶とあの人のいれてくれるお茶の味は違う。口にはしなくともその違いを意識している人が多いことに気づく。

そこにはきっとこんな違いがあるのでしょう。それは、お茶をいれるという行為への理解。単に「お茶を出せばいい」「お茶を出しさえすればいい」、もっと言えば「お茶を出しときゃいいんだろ」という意識と、「このお茶を、何のために出し、どう飲んでもらおうか」と考えられる意識との差。

単にお茶をいれる行為を作業としてするものと、届ける先への意識があるものとで味が変わるのは至極当然。

いれるのであればおいしくいれて、一息くつろいでもらいたい。そのためにはどうお湯を入れ、蒸らし、注げばいいか考える。そこに自然と差が生まれるのだと思う。そこには相手への思いがある。

この日々に溶け込み過ぎている習いを、怖いことに周囲も見ていないようでちゃんと見ている。「あのいれ方はおいしいだろうなと思って見ていた」「飲まなくても見ればわかるもん」と、まわりもなかなか怖い目線を持っていたことがふと耳に入る。

人はしっかり見ているもの。

お茶をいれるのを、雑用と思う者は雑に扱うからこそお茶くみを自ら雑用にしてしまう。

雑草という名の草がないように雑用という行いはそれをなすものが雑用にする。

何のためにそれをするか。

行う先、届ける先を考えれば何一つおろそかにできるものなどない。

たかがと侮《あなど》る中にこそ、他者への思いの本質がのぞきます。

なめたマネしてくれて

2018.10.18

人のフリ見てわがフリ直せ。

習慣とは染み込んでいるものだからつい出てしまう。自分だけで完結しているものなら誰に迷惑かけるでもないし問題もない。ところが対人になると、ついやってしまうと相手からすればちょっと待ってということになるケースもある。

相手にとって困った行為でも自分にとっては普段からやり慣れていること。だから動きはスムーズで、意識せずとも自然に体がつい動いてしまう。しかし、スムーズゆえに受け手としては気圧《けお》され、ただただ受け入れざるを得ない。

こんな例がある。

私も世代的によくわかるけれども、指先の油がなくなるゆえ新聞・雑誌がめくりづらい。スマホだって反応しないこともままある。まあ、自分に、いら立つのはいい。ペロッとなめて湿り気をつける。自分の家でやる分にはいいだろう。とはいえ、人前、ましてや外ではやらないのがエチケットかと思いとどまる。

ところが流れる動きで外でも普通にやる人はいるのです。

まだその人のところで完結するならいい。そうそう、乾いちゃって厄介なんだよな。あのおっさんも油分がないんだなと広い心で眺めていられる。

ところが、そこに自分がからむ、こういう場面ありませんか？

ビジネスの場で名刺交換。この相手が名刺を渡してくれる時、なかなかめくれず、「あれっ、あれ、ちょっと待ってください」と言って、ペロッと指先をなめて1枚取って渡される。

これ「えーっ」と言葉を発するわけにいかずというか、その間もなく受け取るしかない。どこをどうなめたかもわからず、渡されるがまま。自分より年下でカサカサはそういないし、年上の先輩に「なんだよ」とは言えない、表情にも出せない。

でも、ひっかかる。

このカサカサで言えば、さらにシャカシャカ袋。

「おーっ、そうだこれ持ってけ。おー、裸じゃいけないからこの袋に入れるか」と。「あれ袋の口が開かねえな、ちょっと待て」

そう、そこでまたペロッとなめる。

さらに悪いことに袋全体が大きく膨らまない。だめ押しの行為。「よしっ、ふーっ」と息を吹き込んで膨らまし、そこにおいしそうな野菜や果物が入れられる。

あー、もちろん農産物に罪はない。でもなんだかひっかかる。新鮮産物ｗｉｔｈオヤジの空気パックの出来上がり。

その動きは実にスムーズで手早過ぎ、考える間もなく袋を渡される。

悪気も何もないのは百も承知。

思いに罪はないが、ひっかかる動きにも罪はないのか…。

早くしなけりゃという善意ゆえのアクション。

不本意のリアクションは、やはり礼を欠くことになるのだろうか…。

味も気から

2018.10.24

言うに言えぬ。言わなきゃわからない。でも、それでいいならあえて言う必要もないのか。

あるご家庭のこと。

北海道物産フェアに親子で出掛けました。フェアの食品スペースの試食コーナーで食べたら、スープにスイーツにとすべておいしかった。

「○○ちゃん。さすが北海道ね。みんなおいしいね」と。

「じゃあ、このスープを買っていこうよ」とお買い上げ。

さて、帰宅後。母は東京に住む息子に食材などを送る準備に取りかかっていた。

「そうだそうだ、今日買ってきたこのスープを入れてあげよう」と箱に詰めて送りました。

母の愛はありがたいものです。

さて後日。先日一緒に物産フェアに買い物に行った子どものお弁当にサンドイッチを用意。

そして、どうせなら先日のスープをつけてあげようと考えた。しかし、そこではたと気づく。

「あっ、いけない。この間東京の息子に送ったんだ。でもちょっと待って。あそこの棚に以前買った特価のインスタントスープがあったわ。北海道のじゃないけど、まああれでいいか」と持たせました。

そしてその日の夕食。弁当を持っていった子どもがうれし気に口を開きました。

「やっぱり、北海道のものっていいね。北海道と九州の物産フェアはまず外れなしだよね。母ちゃんが今日、弁当に入れてくれたスープも最高だった」

「あのね、そのポタージュさ…」と、言いかけた母。

その言葉を、さえぎるように「やっぱ、北海道はさすがだな。ポタージュの味が全然違う。あーあ、北海道に住みたいな」。

「えーっ」と声を上げることもできず、「そっ、そっ、そうだよね。良かった、おいしいなら…。北海道はいいよね」

バレなかったのはいいが、お前は結局ポタージュならなんでもいいのか、その味覚本当にダダメだな、と母はがっかり。

そんな胸中も知らず、「そういえばこの前のトマトジュースも最高だったな、やはり北海道ってやるよな。あのジュースも最高だったもん」

息子よ、母さんまたまたがっかりだよ。
それ安曇野産。
そもそもトマトジュースに関しては一言も北海道産とは言ってもいない。
息子よ、お前は結局なんでもいいのか。
知らぬが仏。知らぬならほっとけがいい。

ホイホイとはいかず

2018.10.30

夜中の電話というのは心臓に悪い。

しかも寝ていて頭が働いていない時には、急な事態を飲み込めずパニックに陥る。

かけてきたほうもかけられたほうもダブルでパニックになる。


夜中の12時過ぎ。

母親の携帯に息子から電話。携帯電話の画面にはほんの5分前にも着信表示が…。

なにかあったのか？　それだけで不安になる。

こんな時間に何かしら。息子は大学生。電話なんか普段はまずかけてこないのに…。

寝ている頭の中でも瞬時に不安が襲う。

慌てて電話をしてみると、「お母さん！　今バイトから帰って来て家の鍵開けて入ったら、やばいんだよ。家の中がやばいんだよ」。

「うちの中がやばいって。なに？　泥棒？　あんた戸締まりちゃんとしていったの？　誰かいるの？ な、な、なに？ やばいってどうしたの？」

「もう、やばいんだよ！」

「やばいじゃわからない。なに、どうしたの？」

「今、帰って来て電気をつけたら。テレビの後ろに隠れたんだよ。どうすりゃいいんだよ」

「テレビの裏って…、えっ、なに？ 危ない。気をつけて」

「隠れて見えなくなっちゃったんだよ」

「見えないって誰か隠れたの？」

「ゴキブリだよ、ゴキブリ。テレビの裏に入っていっちゃった」

「ゴキブリ？」

「そうだよ。ゴキブリ。電気をつけたらテレビの下に入っていったのが見えたけど、どうすりゃいいんだよ」

「なに、ゴキブリ？ ゴキブリなの、泥棒じゃないの？ 人じゃないの？」

「人のはずないだろ。お母さん、新築の部屋ならゴキブリは出ないからって言ったじゃん。だからおれ新築の部屋にしたのに…。話が違うじゃん！ もう、やだよ。どうすんだよ」

「新築だって、東京は出る時は出るんだよ。殺虫剤で殺しなさい！」

「そんなのないよ。ゴキブリは出ないって言ったからそんなもんないよ！　どうすんだよ」

真夜中の電話越しの大げんかがヒートアップする。

「じゃあ、すぐ近くのコンビニ行って買って来なさいよ」

「コンビニ行って買えって言っても財布に３００円しかないんだよ。買えないよ」

「もう、コンビニのＡＴＭで下ろせばいいじゃない」

「はあ？　だってお母さんコンビニはＡＴＭ手数料がもったいないから使っちゃダメって言ったじゃん」

「いや確かにそう言ったかもしれないけど、今そんなこと言ってる場合？　仕方がないから、早く買ってきて退治しなさいよ。コンビニでお金下ろして買って、吹き付けて殺しなさい」

「もう、このままじゃ寝られないよ。明日テストだってのに…。もう、わかった、行ってくるよ」

電話はそこで切れた。

どうやら半べそをかきながら向かった様子。

パニックになりながらも母の言いつけに従ったかわいい息子。

ゴキブリ一つでこの騒ぎ、まったく子どもなんだからと、すっかり目が覚めた母親。もう、コンビニに行ったのかしらと気をもんでいると、10分後にLINE（無料通信アプリ）にメッセージが…。

そこには「倒してやった」の文字。

それだけであとは連絡なし。

ゴキブリ1匹で大騒ぎ、退治すれば連絡なし。

夜中のゴキブリ大騒動。

ゴキブリが出たと帰ってきてしまった人もいたというエピソードもありました。

長野県人はゴキブリに極端に及び腰。

郷愁は強臭

2018.10.31

なつかしいという感情は不思議なもの。それが良いとか悪いとか、良かったとか悪かったとかでなく、時間を戻してくれる。

久々に訪れた地で目にする景色。たとえば視覚を通して子どもの頃の自分がよみがえり、頭の中に当時の仲間や歓声が再現される。

はだしになって入る田んぼの温かさは、まだ田畑が多かった、かつてののどかな住環境を思い出させてくれる。

学校から昔ながらの運動会の定番曲が聞こえてくれば、運動着姿の子どもたちや万国旗がイメージできる。

今やおいしいスイーツがあふれる中なのに妙に甘ったるい駄菓子を口にすれば、店番のばあちゃんに群がる子どもたちが思い浮かぶ。

こうしたいまだにきっかけとなる視覚、触覚、聴覚、味覚を刺激するものもあることはあるが、一方でどんどんなくなっていくもの、共有できないものが増えてくる。

田畑は減る、スタッドレスの普及で響き渡るチェーンの音を聞かなくなる。ほんの一例ではあるが、五感でなつかしさを想起させるものが減る中で先日なつかしいと感じた〝匂い〟がある。

五感の中でもその再現性が少々難しいのが嗅覚ではないかと思う。思い返せば良い匂いとか嫌な匂いとかいうと印象は残っていても、どのように良い匂いだったか、嫌な匂いだったかと鼻の中は覚えていない。

その匂いとは、くみ取りです。若い世代にはこの言葉すらわからないか。決して良い匂いではないものの、妙になつかしい。ああ、この匂い。昔はあったなと。

本当に久々に嗅いだ匂いでしたが、今の若者はこの匂いは知らないのだろう。世の中で、消えてしまっている香りというものもあるんだなあと。

一つものが消えれば、それに関わるものもさまざまなくなっていく。

たとえば表現。

田んぼがなくなれば、のどかなカエルの合唱なんていう実体験から感じる味わい深い言葉が消えていく。そして、水洗化が行きわたればバキュームカーすら想像できなくなり、「田舎の香水」なんていうシャレもわかり合えない。

日々の営みとは次元の違う薄っぺらいトレンドで生まれる略語などとは重厚感が違うぞと、妙なノスタルジーを感じてしまいます。

日々の暮らしの中で五感に刻まれたなつかしさ。

だんだんと肩身を狭くしています。

My name is ……………………… 2018.11.02

誰でも持っているのが名前。それこそ人の数だけ名前がある。地域により、国により違う名前がある。その地域においてはいかにも当たり前、日本なら日本、アメリカならアメリカ的なもの。

一般的な名前の一方で難しいものもある。日本人でもなかなか覚えられない名前もあるのだから、それが外国人となればなおさらのことである。

私は世界史が苦手だったが、それはそもそも外国人の名前が覚えられなかったから。マルコポーロに、チンギスハンくらいなら何とか対応可能も、国も名前もさまざまともなるともう対応不可で、早い段階でお手上げでした。ラフカディオ、アレッサンドロ…、日本でいう名前なのか名字なのか。国の特徴もあるだろうが、苦手意識が邪魔してまったく頭に入らなかった苦い思い出がある。

教科書だけでも苦しかったが、今や国際化が著しい。あらゆる国から多くの外国人がやってきてさまざまな目的のもとで暮らしている。コミュニケーションを上手にとれる外国人も珍しくはないが、なじみのないもので苦労するものもある。いや苦労するのは日本人の方。ある職場で働く留学生。日本語もずいぶんしゃべれるようになったが、まだまだの部分もある。

何より現場トップにとって悩みが…、そう名前が難しい。特に従業員を雇う立場の世代はカタカナに弱い。カタカナの名前をどうしても覚えられない。

「えー、あの、そこにいる」そう出てこない。

名前が難しい、頭に入ってこない、覚えられない。

そうは言っても「おい」だの「お前」だのと呼ぶのも、気が引ける。

親しみを表したいと彼なりに考えた。

「いいか、お前は今日からケンだ。『ケン』で呼ぶからな。いいな」勝手に決めたものの彼の名前に「ケン」のケの字も見当たらない。

強引な改名は距離を縮めているようですが周囲は戸惑います。

「ねえ親方、なんでケンなの？」

「知るか、何となくケンちゃんって感じじゃねえか」

ケンちゃんの感じってどんな感じなのか…。いや問題はケンちゃんではないのだ。もはや誰も「スリランカのケンちゃん」の本当の名前を気にもしていないことだ。ある意味、店の仲間に溶け込み過ぎている証拠でもあるのだが。

アイデンティティーって難しい。

知らぬは亭主ばかり？……………………2018.11.08

知らぬは本人ばかりなり。

おばちゃんたちが話で盛り上がっている。おばちゃんたちの話術は、コミュニケーション能力不足が言われる昨今、本当に学べる。

なんでも話題にしちゃうのがそのスキル。

その中で、あるおばちゃん。夫婦で映画を見てきたという話題になる。

すると「良いわね」「仲良いのね」「何の映画を見てきたの？」と言った声が上がる中で、一人のおばちゃんから「えー？」という声が上がる。

「ちょっと待ってよ。旦那と映画？やだ、やだ考えられない」と。

「えっ、なんで？　映画くらい見に行くよね」と他のメンバーが言うと、「なんで旦那と映画なんか見に行かないと行けないの？気持ち悪い。えーっ、あり得ない」と即座に反応。

気持ち悪いって…。

夫婦で映画に行ったらいけないのって…、もちろんいけないわけではない。しかし、もうそのおばちゃんの叫びが止まらない。

「映画一緒に見るなんて…。隣に旦那が座るって考えただけで気持ち悪いわ」って。

「えー、だって一緒に暮らしているんでしょう?」

「そりゃ暮らしちゃいるけど、仕方がないじゃない」

「仕方ない?」

「そうよ、仕方ない。洗濯だって別よ。旦那のものと一緒に洗うなんて気持ち悪いじゃないよ」

年ごろの娘がお父さんのものと一緒に洗わないで、なんていう話は聞いたことあるが、そんな年ではない。

しかし、おばちゃんたちの質問もさすが。

「洗濯いちいち別にするの? あんた水だってもったいないじゃない」

気持ち悪いより、そこは節約節水を考えるおばちゃん視点。

「もったいない? もったいないって言っても、そんなことより旦那のものと一緒に洗うほうが気持ち悪くて嫌だよ」って。

もったいないことのほうが重要視される世代で、そんなことよりというのはなかなかのこと。

どんだけ気持ち悪いのか。

自分の洗濯物も一緒に洗ってもらえてないことなど恐らく旦那は知らないだろう。

そんなに嫌がるって…。また、それだけ嫌がられているってことを旦那は知らないだろう。

まさか知っているのか？

ただ知られてないなら、それはそれで奥様もたいしたもの。

いや感心している場合ではない。

それにしても、旦那も気の毒。

世の中の旦那たち、ただ知らないだけだと考えたらとても哀れに思えてきた。そんなことどれくらいあるんだろう？

そうされないためにはいつから準備をしておけばいいのか。

また妻目線だと、悟られないようにするにはなにを注意すればいいのか。

どちらの視点に立っても健全ではないのは間違いない。

言わぬが花?

2018.11.09

そんなつもりはなかったのに、いったんそうなってしまうともう仕方ない。本当にどうしようもないが、ではどうすりゃ良いのか…。

久々に会ったあるご婦人。元気そうなのは何より。しばらく会ってなかった時間を埋めるかのような会話が交わされるはずだった。そうなるはずだったのだ。

相手は懸命に話しかけてくるが、こちらは上の空。言われる言葉がまるで頭に入ってこない。集中すべきは話のはずが、それにまったく集中できない。なぜならそれ以上に、集中してしまうものが目に入ってしまったから。

それは、ヒゲ。あごひげ。

ここで確認しておきます。久々に会った相手はご婦人です。そう、気になって気になってしょうがないのはそのご婦人のあごひげ。

話すたびにあごから出ているヒゲがちょろちょろ動く。その数2本。そりゃそうだ、密集しているなら気づくだろうし、見落としているからこそ、そこにとどまっているのだろう。

ここで、ふと考えた。

これはひょっとして本人は気づいていないのか？

いやそれとも気づいていて残しているのか？

もしやゲン担ぎ？

ご婦人の話が入ってこない頭で違うことが頭を巡る。

こうしたケースは言うべきなのか。言う人がいないからそのままなのか。言われているけどそり残しなのか…。

言えるとしたら誰なのか？　旦那は言えるのか？


こうしたケース、他人ならどこまで言えるか。

親切心のつもりで、本人のためと思っても指摘すればセクハラにも危うい感じ。自分自身振り返っても、これまでもこうしたケースは言えなかった。鼻毛が出ている、ファスナーが開いている。たとえ同性同士でも難しいだろう。

いくつか重なっていた場合は、どれか言ってあげたら薄まるか。顔だけに集中しても、鼻毛、歯に青のり、ヒゲ、耳毛も入れるか？

どれなら言え、どれはダメ。どれかとどれかなら組み合わせられるか？ 初対面の印象を左右するマイナスインパクト。

助けられるものと助けられないものがある。

言うのがプラスか言わないのがプラスか。

親しき仲にも礼儀あり。

言うのが礼儀か言わぬが礼儀か…。

どこ見てんのよ！……2018.11.16

高齢世代のスマホのなじみ方に時に驚かされます。

スマホの浸透は、この世代にとって本当に良かったと思わされることがあります。頻繁に会えずともつながっている感じがとても良い。様子がわかるのは安心材料というより癒やしになる。そして、そのなじみが板についた感じになるのは、その存在があるからこそ。

そうです、かわいい、かわいい孫の存在がとても大きいのです。

かわいい孫の様子が写真で送られてくるだけでもうれしい。会えなくてもしょっちゅうＬＩＮＥ（無料通信アプリ）で孫の写真が送られてくればさみしさも紛らわすことができる。また、会えば会ったで、写真を撮りまくり保存して思い立ったらすぐ見られれば心も弾む。待ち受けに孫の写真を設定している人も決して珍しくない。

そんなスマホエンジョイババのおばちゃんたちが集う会合で、孫が生まれたと喜ぶババが一人。先日、初対面を果たしてきたと言う。ニコニコしてとにかくうれしかった時間の話をし続ける。

そして、「それがかわいいのよ」と、思い出として保存した写真を見せようとスマホを取り出し、友人の一人に画面を出して「もうかわいいのよ、見て」と見せるが、渡されたほうはスマホ画面を見るなり「?」。

画面を見るや「写真の拡大途中で渡されたか?」と戸惑った表情でいると、「ねっ、かわいいでしょ、それ」とのぞき込んでいる様子からその画面に違和感は抱いてないよう。

「えっ? これでいいの?」

「もう、本当にかわいいの」と画面を見続けるババ。

そりゃ見せられたほうも戸惑うのは当然だと思いました。

その画面にはかわいらしい孫の股間のアップが…。

「本当にかわいらしいの」

確かにふてぶてしいのもみじめなのも困る。

生まれて間もない孫の股間のアップ写真。身内に見せてもそこだけで「うちの孫に間違いない」とわかるのか?

かわいい孫はどこをとってもかわいいだろうが、まさか待ち受けにはしていないことを願います。

そりゃそうだ

2018.11.27

パーソナリティーの間で、仕事で経験してきたいろいろな場面の話をするんです。このテーマの話はどんな展開になんていう内容の話から、時間的な問題やパネリストの数など、場面場面での対応やシチュエーション別のシミュレーションなどお互いに参考にすることがあります。やはりキャリアを重ねてきた先輩たちとの話なので共通項はたくさんある。

たとえば話がスポーツ現場などに及んだ時、意見が合うのが目に関してのこと。「実況に欠かせない資料が見えなくなった」「手元とグラウンドの視線の往復がつらい」、そんなことをこぼした時に賛同を得られるとふと安心する。みんな、そうなんだな。通ってきた道なんだと。

また、人数と参加年齢などでは、一人ひとりの話が長くなると配分がうまくいかずバランスが悪くなる。結果、終わってみると消化不良になることもある。

口がよく回らないとなかなか思うように言葉が出てこない。必然的に一人ひとりが長くなっていく。

そして担当者との打ち合わせ。耳が遠くなってくるのでこちらも声が大きくなるし、何度も言い直して時間がかかる。自分と対象者が加齢により、かつてとは状況が変わってきている現場を実感して妙にうなずく。

サテライトスタジオも長い時間になるとなかなか体に応えてくる。来てくださる方たちのことも考えて座れるように椅子もしっかり用意しないと。これからは寒さ対策も必要だなどと自己確認にもつながる。

健康的なことだけでなく、コンセプト的になってくることもあると大変なんだと痛感。

サテライトスタジオでは、トイレがそばにない、防寒がしっかりできないなどという話をしていたら、『SBCラジオつれづれ散歩道』のパーソナリティー武田徹さんが、「おれの番組なんか高齢の人が多くみんなでハーモニカ演奏なんてやっていても大変なんだ。曲のタイトル選びだって大変だよ。絶対選べないのもあるから」と一言。

「なんですか?」と聞くと、

「あっ? いい日旅立ち」

た、確かに…。

みんなで妙に納得しました。

意識は急に変わらない

2018.11.29

荷物を運ぶ苦労が、どんどん薄らぐ時代。身軽にあちこち行けるようになって久しい。遊びだってゴルフバッグもスキーも現地に送っておいて、行き帰りは身軽・手軽・気軽。遊びでさえそうなんだから、日々の生活ではより宅配便の頻度が高くなり、便利でありがたい。離れて暮らす子どもたちに大きなバッグを持って届けるなんていうのは遠い昔。今や業者が家まで届けてくれる。宅配便の便利さはもう手放せない。そして冷凍食品だろうと、たいがいのものは送れるようになっている。

ある母親、息子に荷物を送ろうと店舗に行った。しかし、箱が軟弱だからしっかりとした箱に入れ直したほうがいいと言われ、その場で入れ替えざるを得なくなった。自分でやろうと思ったが、幸か不幸かお客さんが少ない時間帯。店員さんが手伝いますと入れ替えに手を貸してくれることに…。

ただ母親はそんなことになるとは思っていなかった…。箱の中身は、納豆にサラダチキンに、魚にレトルトもの。

宅配便の業者は「今は便利なものがありますよね」と言いながらも、手作りの愛情は少々感じられない中身にやや冷ややかな空気を放ちつつ手を動かす。

母親が「お金で送ればいいんですけどね」と照れ隠しで言うと、店員は「お金だとなにを買うかわからないから、こういうもののほうがいいですよ」と同調。

それを脇で聞いていた80歳くらいのおばあちゃんが、「今は便利だね」と言いつつ荷物をのぞき、「おや、ささみかい？もっと牛だの豚だのいいものを送ってやればいいのに…」と。

他人の荷物をのぞき込み、中身の世話まで焼いている。その口出しには何も疑問を抱かず、店内ではなかなかの個人情報が丸出しの状況。

子育ての仕方は年代で変わるが、一番変わってないのが上の世代の個人情報に対する意識。

変わるシステムに変わらぬ意識。

世代間に横たわるギャップ。

プライバシーと言ったところで伝わりづらい…。

意識の変化は荷物のようには早く時代の変化に届かない。

ネットは万能?!

2018.11.30

今や調べられないものってあるのかと思うほど、ネットはなんでも教えてくれる。世界の場所、欲しいもの、人の名前…、はっきりわからなくともキーワードを打ち込んでみれば検索できるものはあまたある。

その精度も日に日に上がる。

先読みもしてくれて、うろ覚えでもこちらを十分に助けてくれる。実にありがたいものです。ただわれわれはかなり慣れていますが、やはり世代によってはまったくピンとこない。そもそも苦手意識が先走り、触れる気などさらさらないという人も多い。

小さな孫がパソコンを自在に操り、ネットにも自然になじんでいる様子はジジババには別世界のように映るかもしれません。

そんな孫がいるある家族。

かわいい孫が、おばあちゃんに「あのね、おばあちゃん。これで、なんでも調べられるんだよ。わからないことはなんでも教えてくれるんだよ」とこともなげに話す。

するとおばあちゃんは「なんでも教えてくれるのかい？　これを使えばなんでもわかっちゃうのかい？　本当になんでもかい？」

「そうだよ、どんなことでも教えてくれるんだよ。珍しい動物だって、人の名前だって、おいしい食べ物は、もともとどこの国の料理かだなんてこともね」

「本当かい？　じゃあ、家のものは誰も知らないんだけど、おばあちゃんの預金通帳がこの家のどこにあるか調べてくれるかい？　おばあちゃんの預金通帳をどこにしまったのか忘れちゃって、どこか行っちゃって見つからないんだよ」

孫がそのとおり打ち込んだか定かではない。

おばあちゃん、確かになんでも調べられるは言いすぎでした。

こずく

2018.12.07

あれこれ動き、あちこち出掛ける中でこう思うことがあります。

なんで、そこでもうあと少しの〝こずく〟が足りないのかと。

水回り。シンクのあたりは洗い物のあと、しずくなどをふき取って、それなりに光っていてきれいになっている。しかし、その脇に置かれている、ふき取りに使ったであろう台ふきがきちんとたたまれてない。

きれいにシンク周辺をふき取れるのに、その台ふきはなんでしっかりきれいにたためないの！

運ばれたコーヒー。おいしそうなコーヒーがきれいなカップに入り、きれいな皿に載せられて運ばれてきた。白が基調の品のある皿もカップもきれいなものなのに、皿のふちにポツンとコーヒーが1滴垂れたままになっている。そのしずくなどふき取れば美しくおいしそうなのに、なぜにそこでもうひとふきできない！

そして、必ず毎日お世話になるトイレ。外でも使う。そのトイレットペーパー。自分も必要だったか、あるいは次の人のことも考えて新しいロールに変えてある。それは結構なことなのに、交換した前のロールの芯はそこに置き去り。ロールを変える「ずく」はあるのに、その芯はなんで捨てられない！

あと、ひとずく。

本当に惜しい。

しかし、「暗い暗いと嘆くより進んで明かりをつけましょう」という言葉があります。いい言葉です。

私も実践しています。

惜しい惜しいと嘆くより、まずは自分がこずくを出しましょう！

これぞおばちゃん①……………………2018.12.13

さまざまな考えがあるとはいえ聞いてみたくなります。

先日も「旦那の洗濯物は一緒に洗わない。なんで？ 気持ち悪いじゃない」というコメントに驚いたのですが、どの反応が正しいのかわからなくなります。そもそも正しいとはなんなのかということですけど…。

父と娘でなく夫婦ですら一緒に洗濯するのは気持ち悪いという夫婦がいることが私には驚きでしたが、それだけにとどまらず、さらにその先の反応もあるとはショッキングでしたよ。

夫婦の洗濯物を別々に洗って、さらに干し方にすらこだわるという。こだわるという言葉が適切かはわかりません。物干し竿に、もちろん隣り合わせに干すなんていうことはあり得ない。旦那と自分の洗濯物は確実に領域を分けて干すらしい。風などで吹かれて旦那の洗濯物が自分の洗濯物に触れるのは気持ち悪い。旦那と自分の洗濯物の間にタオルをはさんで干すと。

えーっ。旦那の洗濯物も洗濯してきれいになってるはずではないのか。洗濯されたものには罪はない気がするが、旦那の痕跡を残すものが、そこにはまだあるというのか？

どうしたら良いのか？

洗うのも別々、干すのも完全なる区分け。しかし、身に着ける本人とは同居を続ける。実に摩訶《まか》不思議な感覚だが。「痛えの痛くねえの」って言葉はあるが、これは「好きなのか好きじゃねえのか」って話。

これはどっちなんだろうか？

そこにはどっちの感情もないのか。奥さんにしてみたらこれがプロ夫婦といった感覚か？

私には不思議だが、そう思うこの感覚が良いのか悪いのか、その自信も揺らぐ。

これぞおばちゃん②

2018.12.14

好きで結婚したのに…。しかし、時の流れとは思いを変えるもの。その変化も踏まえてこそ夫婦ということなのか、それであればそれもまた納得かもしれない。

結婚25周年を来年に控えたある夫婦。来年は銀婚式となり、メモリアルイヤー。そこでなにか記念のものやイベントをと考えても不思議はない。それなりにプランを今から考えるのも、また楽しみの一つになる。

「ここまでよく頑張った」「あっという間だった」と、あれこれ思い返しながら、それをかみしめる機会、時間を持とうと思案を巡らせている。

そんな楽しみの過程で人生の先輩にも意見を聞いてみようと、ある先輩おばちゃんにアドバイスを求めるべく話を聞いてみることにした。

「来年、私たち銀婚式なので記念に二人で旅行でも行こうかと思ってるんですが」と言い終わるか終わらないかのタイミングで、「旅行って誰と?」とおばちゃんの返事。

誰とって聞かれても銀婚式の話なんだから、旦那と二人に決まっているはずなのだが。

「えっ、まさか旦那と二人で？ えっ、考えられない。嫌だ、旦那と一緒の旅行なんか気持ち悪い。なんで旦那と二人で行かなきゃいけないの？」

いやそれは銀婚式だから、旦那と二人でってなるでしょ。

「あんた本気？ もう旦那と一緒なんて外に買い物に出掛けるのだって嫌だわ。うちにいるのだってうんざりなのに…」

それを聞いて25周年の高揚感がすーっと引いていく感じを覚えたと言う。

とっくに銀婚式を超えている世代に聞いてみると、どうやら旦那は定年間近や定年を迎えたら、急に奥さんを大事にしないといけないと考える人が多いらしい。それまで苦労をかけた罪滅ぼしとでも思うのか。

一方で奥さんは、定年過ぎた旦那に急に優しくなられる居心地の悪さより、放っておいてもらったほうが良いとなるようで、熟年離婚の心理が垣間見える。

やはり豹変《ひょうへん》と思われるような旦那の変化に不気味さも覚えるのか、旦那が自分の時間に急に関わりを持つのはうざいと感じるのか…。

旦那の都合によって、「今まではあまり気にかけず申し訳なかった」とか「これからは時間もあるから」という都合のいい線引きは通じない。

定年後の会社でも家庭でも、急に居心地が悪くなるのはそれまでの環境整備を怠ってきた長年のツケなのか。

夫婦とは長年の付き合い。

ライフサイクルと気持ちのサイクルが一致するのは何より大事なのでしょう。

亭主元気で留守がいい。

本当に言い得て妙なんだろうなと思います。

話題の単位 …………2018.12.18

「日本語って難しいな」という言葉は、普段日本語をしゃべっている人たちでも時に発します。それでは聞くが、他の言語の難しさをどれだけ理解しているのか。恐らくほとんどの人が理解できているはずもない。しかし、他からの視点はどうか?

多くの外国人が本当に難しいと感じ、戸惑うのが日本語の繊細さということを聞いたことがあります。四季の移ろいの中で育まれる、その微細な感覚というのはとても貴重で素晴らしいと思います。

かつて聞いて印象的だったのが単位。なんでも一つ二つ、1個2個でなく、対象物によって実に細かく異なる。動物の1匹2匹も大きさにより1頭2頭に変わる、また動物もひとくくりでなく、ウサギは1羽2羽。生き物だけでなく、掛け軸は1幅2幅、そしてタンスは1棹《さお》2棹。単位がこんなにも細かいものかと驚かされる。もちろん、あらゆるものに対する単位が正しく使える自信は100%ない。

そんな中、最近若い人たちの会話の中でよく聞く単位が妙に気になります。

「あの人の話、彼の性格1ミリもおもしろくない」

楽しい、うれしいなど形容詞はいくつかあるが、こと「おもしろい」かどうかを評するのにやたらと使われる気がする。

英語の「not at all」のように否定としての使用。

1ミリもおもしろくない。

おもしろいの単位はミリなのか…。

「長く」笑えるなら長さゆえ、ミリかもしれない。おもしろみには「深いか浅い」もあるはずだが、それも深さだからミリでも良いのか。

また、〝軽口〟と言われるように話には軽重はありそうだが、軽いか重いかならグラムもありかと思いきや、そんな単位の使い方は聞いたことがない。

「あいつの話1グラムもおもしろくない」とは、聞かない。

若者の感覚は実にユニークだが、長さや重さではなく、その感性なんだろう。

長いか重いか、そんなこと考えているから1ミリもおもしろくないんだよ。そう言われるか？

でもせっかくだから日本語でも表現しておくね。
「一寸《ちょっと》もおもしろくない」かな？
講釈（尺）はいいか？

ここは私の

2018.12.27

飲食店などのレジでよく見かける光景。

「いいよ、ここは私が払うから」

「ダメダメ、ここは私が持つから」

「なにを言ってんの、そんなことしちゃダメだって。いいから、いいから」

「やだやだ、そんなことされたら私もう来ないよ」

近くで見ていると、もうどっちでもいいから早く払ってくれという場面。出くわしたことはないでしょうか？

こうしたおばちゃん色いっぱいの場面、味があっていいなと思う。


そんな一場面なのか、おばちゃんあるある。

あるレジで、「私が、私が」と数人のおばちゃんたちがやっている。

「ここは私の」

「いや私の」

〝私の〟で〝私が〟じゃない。

お金を払う払わないではなく、自分のを使うか使わないかになっている。自分のお金でないなにか。そう、クーポン。割引のクーポン、誰のを使うか。そろいもそろってその店で使えるクーポンをみんなが持っている。おばちゃんたちのクーポン所持率が高いことに驚くも、それがおばちゃんのおばちゃんたるゆえん。しかもみんな紙ベースのものを切り取って、それを財布にはさんで持ち歩いている。

「ここは私の」、「いや私の」とやらないで、誰のでもいいから使えばと思うが、そこはやはりおばちゃん。ただ使うのではなくよく確かめる。有効期限の短いものから使わないと、とさすがの選択。

おばちゃんのもったいない精神はお見事の一言。こんなにまでして使ってもらえばクーポンとて本望だろう。

しかし、アナログおばちゃんたちの中にもちゃんといるもの。さあ、誰のクーポンを使うかとなった結果、スマホにダウンロードしているおばちゃんが、「ここは私が」と言ってスマホを差し出し、クーポン適用後、みんなで平和に割り勘にして一件落着。

これを見て他のおばちゃんが私もクーポンをスマホにダウンロードしようかと、なるかどうかは定かではないが、おばちゃんたちのクーポン所持率の高さに拍手。あるものは使わないともったいない。これからはクーポンおばちゃんもスマホ派が増えるのか。

でもヨレヨレになったクーポンを財布からやっと探して出すおばちゃん。それこそがおばちゃんのおばちゃんたるゆえん。

愛すべきおばちゃん　万歳！

似て〝否〟なるもの

2019.01.18

「誰に似てる?」、人に紹介する時やされる時にそう伝えたり聞いたりするのは、イメージをしやすいから。会ったこともない人の手がかりを得るには有効手段です。

その際、雰囲気・容姿を想像させるのに芸能人、有名人を持ち出す。イメージを共有できるものとしては実に有益な情報でしょう。この番組でもよく皆さんに聞くことがあります。特にラジオは耳からの情報ですからわかりやすいたとえはありがたい。

それはつまり誰々に似ているということ。さらに芸能人の誰々に似ているとなると、一気に具体性を帯びる。

カッコいい、美しい芸能人に似ているなどとたとえられたら悪い気はしない。

ただ、そのたとえにクッションが入るとまた違うのか。身近な表現では実によくあるが、親子のケースは単純にはいかないようです。

子どもは概して親の若い頃の様子はあまり知らない。今の若い親世代でも、自分の若い頃の様子を「はいこれ、お父さんお母さんの若い頃の様子」と即座に画面で見せられるほど、子ども時代にスマホはまだ普及していなかったはず。親の青春時代がどんな様子だったか知らない。また親とて気恥ずかしくて自分から言い出すこともないのではないか。

・

あるお父さん、周囲から「あの方、若い頃は織田裕二さんに似ていてカッコよかったのよ。それにいまだにカッコいいよね」と言われる。

言われた奥さんも決して悪い気はしない、男前の俳優に似ていると言われれば鼻も高くなる。

自慢の亭主は子どもたちにとっては自慢の父親でもあるはずだ。

そんなことを言われ気分のいい母親、家に帰るなり早速息子に言う。

「お父さん織田裕二さんに似てるって言われているのよねえ。あんたもさ、お父さんがカッコいいって言われてうれしいでしょ？　昔からイケメンだったよねって言われればお母さんもうれしくてさ」

それを聞いても反応を示さない息子。

「ちょっと、あんた。うれしくないの？　自分のお父さんがイケメン俳優みたいって言われてさ。親子だもん自慢じゃない？」

すると不機嫌に息子は答えました。

「えっ別に全然うれしくなんかないよ。おれはずっと母親似だよねってみんなに言われてるから…。だから残念部類なんだってさ、お父さんはカッコよくてもな」

「ざ、残念って…」

テンションだだ下がりの息子とぼうぜんとする母。

誰かには似ているではなく、誰にかが、大きな問題。

対象が身内であれば、悲喜こもごもか…。

探し物はなんですか～……………………………2019.01.22

どのタイミングでどんな理由でしでかすのか？　なくしもの、落としもの。

飲みすぎて覚えてない。その余韻《よいん》でなくしたことすら覚えてないということならわかりやすい。自分のこと、自分のものなら責任持てと思うが、責任を持ちたいのに記憶がない。たとえばポケットからはみ出ていたが気づかず、歩いているうちに落ちた。あるいはバッグが開いていてぶつかった拍子に飛び出たのかもしれない。

当たり前だが気づけば拾うんだから。

いなくなって姿を消した猫、犬なら迷子として張り紙を出すこともあるが、命のないものでそこまですることはまずない。ただ映画の『トイストーリー』に登場するおもちゃではないが、作られるものにはすべて魂が宿っているものではないか。

そのものの気持ちになったらなんと気の毒かとも思う。なくしたものに関して責任も持ちたいが、でも見つからないことにはどうしようもない。

いったいどこにあるのか…。そして見つかったとしてもどこで誰に見つけられるのか。見つけた人の気持ちになると申し訳ないやら切ないやら。ぜひとも自分で見つけたいと思うが、見つけられて問いただされても言いづらい。

どこかに行ってしまった…、私の〝タイツ〟。

「これお前の?」と言われても、「そうおれの」とも、なんか言いづらい。「お前のかどうか確かめて」と言われても、違っていたらと思うと誰のものかわからない人のタイツをはくのもためらわれる。

小学生じゃあるまいし、なくしてもわかるようにと、いいおっさんがタイツに名前を書くなんて絶対嫌だから、家以外で見つかっても確かめる気にもならない。

そこで問いたい。似たような色形があるもので、自分のものか確信が持てない。さらに入浴施設でなくしたのかなとなった時、どうするか? 家にない限りはまずあきらめていいんだよね…。

他人のと間違えて下着越しに肌を重ねるのは絶対に嫌だ。

どこに行ったのかなくしてあきらめるものは、衣類でも下着、シャツとコートでは探そうという気持ちが異なる。

サンダルと革靴も違う。
エコバッグとビジネスバッグは違う。
なくなったら恥ずかしいから一生出てこなくていい。
本当に品物に申し訳ない。
今度からつけておきます。下着にＧＰＳ。

見えないもので見てきたもの

2019.01.25

いつの間にか増えてしまったメガネ。趣味というほどではないが、数が増えていた。気に入って買ったもの、それなりに思い入れもあったゆえ処分するのはためらいがあった。もったいないとは思うが、取っておいても使えない。フレームも古い気がするし、何より作ろうと思ったのはその前のメガネが合わなくなったから。つまり視力の変化で見えづらくなり、新しくせざるを得ないのでメガネが増えていったわけで、10年以上の間に6個ほどが増えていた。

こんなのもあったと古いものからなつかしくかけてみるが、視界は恐ろしく悪い。わずかな間で衰えた自分の視力に失望する。

作った順にかけていくも、どれも見えづらく視力矯正としては機能しない。10年ひと昔と言うが、その間にこれだけ見え方の変化があったのかと驚く。近視を超え、今や老眼になっている。視力の変化は、単に目のピント調整能力との関係で明らかに劣化の一途しかない。

これらのメガネでなにをどう見てきたのか。今や見えなくなったメガネがどれだけのものを見せてくれたのかとしみじみ考える。

もう役割を果たしたメガネを供養するにあたり思うことがあった。今これらメガネをかけずとも目を閉じて頭の中に見えるものは10年以上前に見えていたものか…。

目の前の景色を見せ続けてきてくれたメガネでは何も見えなくなった今、過去に見てきたものがこの先の自分をしっかり見せてくれている。

何も見えていなかった自分の視野を、それでもメガネは目の前の景色を必死に見ようとしていた。今や見えなくなったメガネをかけると、まるで当時の視野を教えてくれるようである。なんと狭かったことかと…。

メガネをかけてもかけなくても、当時と同じ見え方でない自分を、少しは褒めてやりたい。見えないメガネで先を見せてもらえた。感謝。

見てみたい

2019.01.30

多分このことだろうな、言いたいことはわかるが、言っていることは違う。ただ、流れの中ですっとやり過ごしてしまうものはよくあります。まあ大勢に影響がないからいいかというようなもの。受け手の寛容さに救われる場面も多々ある。

言い間違いや聞き間違いの類いは、日々の会話を一つずつチェックしていったら時間がいくらあっても足りない。

たとえば放送。しゃべり続けるラジオ実況の中ではスルーされるものもあまたある。あり過ぎるほど。

「ピッチャー、プレートを足に乗せて、第一球投げました！」

一瞬、疑問と思いもしないかもしれない。しかし、プレートを足に乗せたら投げられない。足をプレートに乗せてが、本来。ただ言いたいことはわかる。

ことはスポーツに限ったことではない。あるアトラクションの魅力をニュースで紹介する場面。

「急坂を一気に下るのがごだいみ」

醍醐味《だいごみ》のこと？　なんか違わなかった？

「ごだいみ」「醍醐味」どっちだっけ？　しかし、言い続けているうちに言いたいことは何となく理解する。

単語だけではなく、センテンスからこう言いたかったんだろうなと推測させるものもある。

先日の某番組。曲の紹介をしている時、『神田川』の歌詞の説明に入る。

「寒い時に風呂に行って髪がチリチリになったというあの曲ですよ」と。

ちょっと待て。「二人で行った横丁の風呂屋、洗い髪が芯まで冷えて」、あの名歌詞。そして、「小さな石鹸カタカタ鳴った」。こう続いていくあのフレーズ。文章で言えば段落のイメージだったんだろう。

洗髪して石鹸の箱の擬音をまとめ過ぎちゃったのか、風呂から出てきて髪がチリチリって、それじゃコントですから。

このくだりを思い出して、ここ数日思い出しては笑いをこらえています。じわじわきますから。

ただこの誤解が怖かった…♫

故郷は遠きにありて

2019.02.04

日々暮らしている中ではそう意識することもないんです。だってまわりがみんなそうだから。しかし、いざ意識させられると急に親近感がわき、妙な同志感が芽生え同化する。これこそがアイデンティティーというものなのか…。

同じ地域、同じ生活圏の中に生きている中で普段は意識することなく、せいぜい多少の色の濃淡が違うと感じる程度か。それもあえて言えばの感覚。ところがそこから踏み出した時に感じる共有感は、やはり特別なものと実感する。

もう長いこと信州を外で強く意識することのない時間を過ごしてきたので新鮮でした。

先日、東京に行った時、夕飯を食べ終え会計をすませて出ようとすると「長野の方ですか？」と会計後に聞かれる。

えっ？ おかしいな。店員さんと、そんな話は一切してないし、注文も信州産を頼んだわけでもないのにと、思いながら、「はいっ、そうですけど。なんでわかりました？」と聞く。

「いや、カードが長野の会社のものだったからそうかなと思って…」「あっ、それで。確かにそうです。あなたもですか？」

「そうです」

「そう、長野ですか。長野のどこですか？」

「上田です？」

「上田か。上田のどこ？」

「上田菅平インター降りてすぐのところです」

「あーあ。あの辺ですか」

「わかりますか？　お客さまはどちらですか？」

「私は長野市です」

「長野ですか」

もう会話が転がる、転がる。

「いやー、東京のこんなお店で長野の人に会うなんて」

「そうですよね。頑張ってください、長野県人」

「はい。頑張ります！」。一気に縮まるこの同郷意識というものはなんだろうかと…。

やはり、出身地というものの引き付ける力は特別なんだろうな。

でもその理由は、同じ気候風土で過ごす、気質を形作る、そこに共通性を見いだすからだろうか。

決して同じ時を過ごしてきたわけでもないのに…。

ただ出身地が同じだけ。

それとも出身地が同じだから、なつかしさやさみしさ、思い出などが一瞬にして芽生え、よみがえるからか。信州出身者が県内で会ってもこんなに結束感は持たないのに、県外で会うと途端にそれが増す。

普段は考えない故郷というものの持つ底知れぬ吸引力に、改めて笑い、驚きます。

こんなふうに感じられる故郷があるありがたさ、そしてそう思える存在であることに感謝の思いを新たにする。

今日からまたいっそう郷土愛を染み込ませるように暮らしていこう。

私ってこう見えても

2019.02.05

実際、誰にも迷惑はかけてないけれども罪悪感でいっぱいになる。ざんげしますと、心の中で思うことってあるんですよね。

入社面接に行ってトイレを使用した際、掃除の人に無愛想に接したら、実はそれが社長だったなんて嘘みたいな話を聞きますが、見た目で判断してやけどをしたら大変。

でも何の情報もない時、見た目は人の第一印象を大きく左右する。


以前ハワイに行った時、くたびれたTシャツにすり切れたバッグを持ったおじいちゃんとも言える容姿の人がいた。ゴザまで持っているその姿に、懸賞で当たっちゃって一人で来たのかなあ、などと思っていた。その後、話すきっかけができ、聞けばもう10回目のハワイにもなると言う。訪れ慣れているゆえ、そのリラックス加減。よほど自分のほうが新参者だったと反省したのを今でも覚えています。

先日電車に乗ると目の前に高齢の男性が座っている。年をとるとやはり寒さに弱いからか、厚手のコートに毛糸の帽子でしっかりと防寒もされている。その日は寒くもなく温かいくらいだったが、やはりお年寄りにはこの季節は大変かなと思っていた。

この季節にはまだ暑いだろう毛糸の帽子の下からのぞく顔は、その世代の人にたまに見かけられる、やや顔が左右に揺れる感じ。電車の揺れには関係なく小刻みに横に揺れている。なかなか、大変だろうなと目線を床に移すと、靴のつま先が首の揺れに呼応するかのように動いている。

年を取りなかなかコントロールが効きづらい動きになってしまうのかなあと、視線をまた上に戻すと今まで横に揺れていた顔が今度は縦になっている。まるで出前用バイクの後ろにつられたオカモチのように動きがやや激しくなっている。おじいちゃん大丈夫と思った瞬間、帽子がずれる。

すると耳元からのぞいたのが無線のイヤホン。

そこでわかりました。

老齢性の顔揺れなどではなく、お気に入りの音楽にノリノリの首振りだったのだ。

くすんだコートに、毛玉が目立つセーター、毛糸の帽子でタテノリの音楽が耳に響いているとは…。

加齢による首振りと侮《あなど》った先入観を心の中で責めました。
こんな時こそ正しい使い方かと思いました。
「私こう見えても…」という言葉。
そう、確かにあなたは見た目とライフスタイルがかけ離れていた。
見た目で勝手に判断してすみませんでした。

便利との距離感

2019.02.21

画面に表示される通知で、時にひやりとします。「ダメだ、ダメだ、そんなに見つめていたか」と。

正確な時間がしっかり示されるのでドキリとなる。かみさんをそんなに見つめたことすらないはずだと笑ってみる。どの男女も、これほどまでに見つめ、手が触れ合うことはないでしょう。

それは、スマホ。

なくてはならないが、頼り過ぎはいかがなものかと。でも、頼れる時は頼ればいいし、頼らずともいい時はきっぱりと離れる。そのメリハリをうまくつけられるかどうかで「粋《いき》」も生まれるのだろう。

使い方一つで悪事に巻き込まれることがある一方で、それから逃れられることもある。

海外に行き、タクシーに乗る。決して珍しいことではなくごく当たり前のこと。

ただ、知らない土地ゆえ運転手のなすがままで高額な料金を請求される、いわゆるぼられるなんて話はよく聞く。ところが、今や地図アプリ片手にあえて試すかのように乗り込んで、しれっと道を外れようものなら、「おい、ちょっと待て。この道じゃないだろう！」と、手元の地図アプリの指示通りに行くように指示して道を正し、悪徳ドライバーを黙らせたという話も聞きました。

通訳アプリを使えば言葉がわからず、右往左往することもなく買い物も助けられる。時間の無駄、旅先での不安を除いてくれる、心強い助っ人がまさに手の内にある。

しかし、そこには、「何とかなるだろう」という安易な無思考が同居しやすい危険も踏まえておかねばならない。

その一方で、あるアスリートの話も聞きました。旅に行く時もそうしたものには頼らないと言う。事前に地図をしっかり頭に入れておく。画面をのぞき込みながらではなく、目に映る景色、空気をしっかりと感じながら楽しんでこそ、その地にいる時間の意味が生まれると。迷ったら困りながら現地の人に聞き関わることもまた旅の時間だという考え方は、人それぞれの視点の角度を教えられます。

スムーズに移動し、無駄なく過ごす時の中で、なにを見て、なにを感じているか。スマホに頼り過ぎて感じ損ねるものがある一方で、頼らず一見無駄に思える中でこそ得られる感覚。さじ加減一つで違いが出る。

見えることで見えなくなるもの、見えないことで見えるもの。

子どもたちへのスマホ対応の変化を是正しようという動きがあります。

危険についてしっかりと教えるのは当然のこと。

便利、不便だけではなく、豊かさの意味も考えることがあってもいいと思います。ないことで一見感じる不便さにこそ、物事の本質があるのではないでしょうか。

それにしても、このツールとの距離感は実に難しいものです。

ラジオの効能

2019.03.01

ラジオについて、それぞれいろいろなイメージや思い出、抱いているさまざまな考えを聞かせていただきました。やはり言葉だけ、音だけのメディアなので、想像力を働かせ、頭を使うというコメントをずいぶんいただいています。

確かにラジオからの言葉だけによる情報・話を自分の耳で受け止め、考え、理解して頭を働かせる感じがとても心地いいと日々感じます。

田畑や営業車内などの仕事場、ご家庭と聞く場所やきっかけはいろいろでしょうが、「家で親が聞いていたので聞く習慣ができた」「継承している」という話も多く聞き、うれしく思います。

さて、あるご家庭で、学校のクラスメートの家がラジオを朝から聞くという話を母親にしていた。

「あいつの家は、朝の忙しい中で用意もしながら情報も取らないといけないから、ラジオを聴いてるんだって」と母親に言う。

それを聞き母親は、「そうよ、ラジオっていいのよ。手は止まらないし、朝食を食べながら、歯を磨きながらでも耳だけ傾けてればやることはできるんだから」と返事をする。

「へえ、そうなんだ。母ちゃんも知ってるんだ」と息子。

「あんた、ラジオってどういうものか、わかってるよね？」

「えっ、どういうものかって…。知ってるよ。今はスマホでも聞けるから」

「いや、そういうことじゃなくて。ラジオって画面はないわよね」

「そりゃそうだよ、テレビじゃないんだから。そんなのおれだって知ってるよ。当たり前じゃん」

「そうよ、映像はないの。言葉だけ。じゃあ、それ聞いてどう理解するの？」

「それは話だけで想像して…」

「そうよ、そういうこと。しっかり人の話を聞きながら自分で考えるの。言葉だけであれこれ考えてわからないといけないのよ」

「そうだよねえ。言われてみれば、そういうことだもんな。へえ、そうか、自分の頭で考えているんだもんな。なんか、説得力あるなあ」

「だから、しっかり頭を使うのよ」

「なるほど。そういうことか」

「だから、ラジオ聞いている人は考える力があって、理解力が高いのよ。頭がいいのよって母ちゃんは思っているけどね」

「脳みそを使っているからか。母ちゃん説得力あるなあ」

「そうそう、だからあんたのお友だちだって毎朝ラジオ聞いて、頭ちゃんと使ってるから頭もいいでしょ？　勉強もできるんじゃない？」一気にまくしたてる母に戸惑いながら息子は問いかけました。

「母ちゃん、あいつこの前の英語のテスト何点だったと思う？」

「そりゃ、頭が良くなるラジオを聞いてんだもん、90点くらいか」

「うーん、なんと2点」

えっ、母ちゃんはやっぱり説得力ないな…。

radiko《ラジコ》（インターネットラジオ）全盛の今。学習成果も時差があるのでしょう。

改めて…、ラジオの効能・効果には個人差があります。

聞こえていますか？

2019.03.04

3月3日はひな祭り。「信州では、月遅れだから…」と小さい時は毎年のように耳にしてきましたが、その意味もよくわからず、信州はとにかくこの時期ではないんだということだけは何となくわかっていたものです。

3月はまだ、冬の装いということで時期をずらし暖かくなってからお祝いしよう。それは暮らしに根ざした習慣だと、ちゃんと理解したのはひな祭りの歌をしっかり歌えるようになった頃だったでしょうか。

そして、今やひな祭りにも縁がなくなりむしろ「3・3は耳の日」のほうがストンと胸に落ちる年齢。聞こえ方が悪くなってきている実感があります。夫婦二人でいる時には意識することもないのに子どもが帰ってきた時に指摘されて気づく。

「テレビの音が大きい！」と。普段は決まった音量で聞いていてボリュームを操作することもない。それが若者の耳にはうるさいんだと教えられる。

音量表示が数字で出ていますが、確かに音量数字は以前より大きめに変わってきている。

聞こえないのに見栄《みえ》を張っても仕方ないが、うるさいと言われると切ないので必死に聞こうとする。

くつろぎの時間に妙な集中力を求められるのもいかがなものかと思うが、だんらんのためには仕方がないのか…。

ここで考える。年齢を重ねると聞こえにくくなるのは、単にラジオやテレビのメディアの音だけか？

子どもと歩いていた時に「えっ、こんなに聞こえるじゃん。聞こえないの？」と驚かれたモスキート音。若者にだけはしっかり聞こえる、若者には聞こえるのに…。

本当の問題は、モスキート音はともかく、まだまだ聞こえるのに聞こうとしない耳。自分たちの理解の中で納得して、理解できないものにはふたをする。聞こえないんじゃなくて、聞かない。

若い世代には聞こえるけど、上の世代には聞こえない声。

モスキート音は聞こうとしても聞こえない。

しかし、聞こうとすれば聞こえる声にどれだけ素直に耳を澄ましているか。テレビとは異なるボリューム。

聞くほうが聞こうとしないと、話すほうの声もどんどん小さくなっていき、誰も得をしない。

話せる喜び、聞いてもらえる喜び、聞ける喜び。

新人が来るまでひと月を切りました。

聞こえる耳の準備はすんでいますか？

大変なんですから

2019.03.05

朝の陽が入るのも早くなってきました。もう春の足音は耳を澄まさなくともはっきり聞こえますよね。

温かくなってきた実感は、同じ時間に起きて、出掛けるまでのルーティンを終えてもこれまでより時間が少しあまるようになってきたことで得られる。

動作と動作の間のわずかな連動がスムーズになり、時間の短縮が図られるようになってきたからでしょう。日々少しずつの時間の積み重ねが余裕を生む。「ズレも積もればゆとりを生む」と言ったところでしょうか。

そんな中、カサカサ世代のジジイの肌にも変化が生まれる。ここのところおさまっていた乾燥がまた出てくる。先日も以前に処方してもらった保湿クリームがなくなり、久々に医者に行ってもらってきましたが、聞けば去年の1月以来の来院とのこと。なかなか頑張ってカサカサを乗り切ってきたと、自分のケアを自画自賛した。

先週、朝の忙しい時に背中にカサカサのかゆみを覚える。いやいや、大丈夫。私には昨日もらってきた保湿クリームがある。ちょうどいいタイミングでもらってきたなあ。これをつければ安心。良かった、昨日もらってきておいて。かみさんにつけてもらおうと安心したのもつかの間。そこではたと気づく。

まずい、今日はカミさんが留守だった！

えーっ、背中に自分でつけるのか。かゆいのは右の肩甲骨のあたり。クリームを右手につけてみるが腰の上くらいにしか届かない。

えっ、ちょっと待て。どうつけるんだ？

上から回しても肩がスムーズに動かなくてわずかに届かない。

ちょっと待って。これどうすれば…。そうか逆の手か…。

左手にクリームをつけてみる。しかし、交差して上から回してもまたわずかに届かない。

下からかとやってみるが、脇腹裏にしかいかない。

なんだ、なんだ？

背中にピンポイントで緩衝地帯が生まれているぞ。両手で届かない、こんな死角が自分の背中にあったのか。いや、かつてはなかった。そうか、カサカサだけでなく、老化で体がかたくなっているということをすっかり忘れていた。

体をくねらせても右手で左手を押しても、どうやってもあとわずかで届かない。上から下から、右から左から、いろいろ攻めるがどこもとにかく惜しい。そして、どこも届かない。「なにをやってんだ。この忙しい時間に」と思っていると、人間本当に困ると知恵が生まれるものだ。

体がダメなら、そうだ。裸で行くわけではない。シャツを着る。

「そうだ、シャツだ！」

そこで考えた。背中のかゆい部分に当たるシャツ自体にクリームを塗ってしまえ。

このあたりかと、見当をつけて塗って着てみると、まあなんとジャストミート。よっしゃ、作戦成功と、喜んでいる場合ではなかった。

せっかくゆとりが生まれるルーティンになったはずなのに…。

今、明かします。先週、番組前の打ち合わせにやや遅れたのはこれが理由です。

動きに速さが戻る中、体が去年よりかたくなっていることに気づくオヤジの春。

しかし、そこで気づいた「まだある頭の柔らかさ」に救われました。

とはいえ、案ずるより身体かたし。

伝える力

2019.03.12

コミュニケーションの講演をする機会をいただくことがあります。その際、その能力が衰えた原因ということでいくつかの要因をあげます。その中の一つにパソコン・SNS・メールが関わってくるという話をします。確かにその登場により格段に連絡などが便利になったことは間違いない。今やメールでのやり取りは当たり前になっていますが、その便利さにより衰えているものもあります。

それは日常で直面する説明能力。かつてのように電話しかなかった時、つまり言葉でしか表現しようがない時にはそれを伝える工夫があった。どうしたらわかりやすく伝えられるかというスキルが必要だった。今、道案内をしっかりできる人はどの程度いるのだろうか。人に聞かなくても地図アプリに従えば、確かにたどり着けるでしょう。聞くことも聞かれることもなくなってきている。建物、ランドマークの場所形状を説明すると言ったところで、写真・地図添付でこと足りてしまう。しかし、道路の説明などはしっかりできないのではないか。

また連絡事項など、メールでのやり取りであれば、漢字で書けなくとも文字変換をしてくれる。今では知識を判別するためのこうしたさまざまなフィルターがかなり荒くなってきています。昔はその会話伝達能力の一端から相手の様子はずいぶんとくみ取れました。書いた字からは、その書く字でまずフィルターができた。字そのもののうまい下手。文章が支離滅裂なんてことである程度の判別ができた。今や字はワープロソフトが自分では書けない漢字も変換してくれる。文章もサンプル例文が山ほどある。

そんな中、電話で必死に伝える方々もまだまだ多くいるのがこの番組。さまざまな内容のメッセージを昔の話になぞらえたり、たくみにたとえを用いたりする人が多い。そして、そうした方々の名前を必ず聞くのですが、この名前の伝え方に味があるのです。

比較的共有できる説明ってありますよね。中沢の「さわ」は難しい「澤」。ヨシオの「お」は「夫」でなく「男」。山本の「もと」は「本」でなく元旦のガンの「元」など。

また、エイジは英語の「英」に漢数字の「二」と説明したにもかかわらず、アルファベットの「A」に「二」と書かれてきたという話もありますが、これとて聞くほうのレベルがわかるもの。対抗できるのは佐藤B作さんしかいない。今なら英雄の「英」と言っても携帯電話会社のａｕで同じことになるかもしれない。

きちんと説明したつもりでも驚くような字を書かれることもある。私の名前の克明は「コクメイです」と説明したら、いきなり「国」と書き出されるとどうしたものかと思います。

名前の説明は、それぞれ味が出るものなんでしょうか。

そんな中、先日の説明は印象に残りました。

リスナーの方が自分の名前を名乗りました。

「〇〇良太です」

「どういう字ですか？」

一般的には良い悪いの「良」に、太いの「太」か、なんて私はイメージしたのですが、その人の説明がふるっていました。

「『良く太る』で『良太』です」

声だけの説明一つで人柄が浮かんできそうではありませんか。

つかみはＯＫな感じ。聞き手の緊張も一気にほぐれるものです。

確かに〝良〟く〝太〟るで、「良太」です。

印象に残りますもんね。２段落ちならなおさらです。

どうせなら、うんと痩《や》せていてほしいと思います。

鏡よ、鏡よ、鏡さん

2019.03.27

絵空事でなく、現実に頭の中にはあるんだなあと思います。

それはタイムマシン。思い出が時の空白を一瞬にして埋め、過去に連れ戻してくれる。またそれが適度に時間の間隔をあけることで、さらにその機能性が高まるような気がします。

近くの友人も心強いものですが、遠くにいる友人はまた格別です。通信情報ツールの発達により距離を感じないやり取りができる、今だからこそ余計にその〝ずく〟がうれしかった。

時間ができたからと、学生時代をともに過ごした後輩から、「高速バスで会いに行きます」と連絡が入る。前日に連絡をもらっていたのですが、予定もあり、わずかしか会えないのを承知で東京からわざわざ来てくれました。往復7時間は「ずく」がないと来られない距離ですが、わずか3時間の再会のために来てくれるという、このミスマッチ感が何とも心憎く染みます。

お互いに子育て、家族、仕事など、重なるものが広く深くなったことに時の移ろいを実感しますが、その礎がともに過ごした学生時代。思考の基盤が同じであることに安心感も覚え、話が弾む。時がたっているのに話題一つですぐさま当時に戻れる。これは、記憶のタイムマシンの速度が上がっているのかと、うれしいのか切ないのか捉えようのない感覚。

自らが過ごした学生時代を通してみると自分たちの子どもの学生生活とは時代が大きく変わっていることを否《いや》が応にも認識させられます。

しかし。それでも学生時代に戻ると思い出します。

かつて熱く会話を交わしたこの先のビジョン。

そして気づきます。今語る未来のスパンが無意識のうちに近視眼的になってしまっていたのは、まったく読めない先のことより、思考を届く範囲におさめてしまいがちな立ち位置だからでしょうか。見通す未来の短さが現実としてそこにありました。

近くのものばかり見ていた自らを映す鏡、遠くを見ることでその曇りが少し取れた気がします。まずはその鏡が今の自分にあるかないか、欠けたり割れたり、傷が入っていたりしてないか。

自らを客観視してくれる鏡をいくつもあちこちに持っていたいものだと思います。

えっ？ そっち？

2019.04.05

考えてみれば不思議なものです。大多数の人がそのことは知っているという前提で会話というのは成り立つ。一語一語説明をしていたのでは、テンポも何もなくいくら時間があっても足りない。

知識の共有というのは社会で膨大な量なのではないかと、ふと考えます。

しかし、時には当たり前の理解だと思っていたらそういう捉え方もあるかと気づかされます。そんな時にはあきれてしまうより、その意外性のある発想力に感心してしまいます。

先日の番組内のランキングで「お弁当に合うおかず」というものがありました。その中に「生姜焼き」がランクインしていました。

確かにお弁当の定番おかずの一つのような気がするし、いいなと思いながら紹介しました。「生姜焼き」、頭の中にイメージできますよね。おいしそうなお肉がお弁当の中に、ですよね。そうその生姜焼きです。

ところがあるリスナーから電話がありました。

「あの、生姜焼きと言いましたが私は生姜焼きはお弁当のおかずには合わないと思うのですよ」と。

「あれ、そうですかね。生姜焼きはおいしいですよね、私は好きですけど。合いませんか」

「えっ、そうですか。私は、味気ないと思うんですけど。だって、ただ生姜を焼いただけでおかずと言ってもねえ」

「えっ、ちょっと待ってください。生姜焼きって、生姜を焼くのではなく生姜で焼くんですけど」

「はあ？ 生姜で焼くってなにを？」

「豚肉を、ですけど」

「えっ、生姜を焼くんではないのですか？ だって生姜焼きっていうものですから…」

びっくりしました。

確かに正しくは「豚肉の」とつけるべきでしょうが、生姜焼きと言えば豚肉の生姜焼きと思い込んでいるのは間違いなのか。

生姜焼き定食でたいてい通じてしまう、その共通理解に甘え過ぎなのだろうか。

考えてみれば、「ソース」とつけないと「卵とじ」と思う層があるから、カツ丼の前にあえてソースとつける必要性もあるか。カツ丼といえば、最近はソースカツ丼もおなじみなのできちんと卵とじとつけるところも多いだろうが。

当たり前はなにが当たり前か。

「たらの芽」の天ぷらも「鱈《たら》の目」の天ぷらなどとも取る人がいるのか。それは思い違いか非常識か…。

アクセント、言葉足らずにその理解の一理があるのは情状酌量の余地ありです。しかし、やはり「生姜焼き」といえばやはり豚肉では…。

いか焼きは確かにいかを焼く。ではたこ焼きは、たこが中に入ってはいるが、でも見た目はたこでないですよね。

それを言っちゃあ

2019.04.16

これまでのさまざまな学習、研究、分析から、それはそういうものだという学びを得ます。実証され、実際に確かめることができるものは、それを最初に導いたことへの感心、尊敬も生まれる。

ピタゴラスの定理、円周率、ドップラー効果…、なるほど確かにそうだと実体験もでき、理解できるものはその先人の気づきに驚きます。ただ、時代空間を超え、その説があたかも自らも経験ずみのような気になって平然と言われると戸惑うものがある。

先ごろの発表は世紀の大発見と言われました。ブラックホール。その存在は言われていたが、実際に画像として確認するのは大変なことなんでしょう。ピンとはこないものの、そのスケール感は何となくわかります。ブラックホールがあると自分で見たわけでもないのに言い切るのは、なにかはばかられる。宇宙にはブラックホールがあってなと言われると、お前は見たのかと突っ込みたくもなる。

クレオパトラは絶世の美女で歴史も動かしたと教えられた。時間、国、文化を超え、そう伝えられそういうものだと受け止めてきた。「クレオパトラはとにかく美人で…」、見たわけでもないのにしたり顔で言う歴史の教師、定説を確定するものとして自分が目撃したかのように教える現場はあるでしょう。だから「お前見たのか？」、そのつどそう思っていました。

先日、よどみなく言われた定説にはさすがにひっかかりました。

最近歴史に興味がある歴女の向こうをいく、刀好きの刀剣女子なるカテゴリーがあるというのはご存じでしょうか。

そのことを語り出したオジサン。

その存在に驚き、聞けばその刀の美しさが、女子を魅了する理由の一つだと言う。

一つひとつ違う刃紋《はもん》の姿は刀匠の魂などを感じ、そこに女子がはまるなどと解説が熱を帯びる。確かに光を当てられ輝く繊細な部分は、静謐《せいひつ》の美を感じます。

そして話は、その鋭利さなどにまで及んでいった。研ぎ澄まされた切れ味は、本当にスパッと切れると。

確かに野球の王貞治さんが一本足打法で真剣を使い、わらの束を一刀両断した映像を多くの野球ファンが目にしただろう。なるほど切れるものなんだろうと、あの映像が浮かぶ。とはいえ時代劇に欠かせないあの刀、殺陣《たて》のシーンで使われる映像のほうがより印象が濃い。そんな、イメージを語っている中での説明を危うく聞き流すところでした。

「でもね、刀ってデリケートなんですよ。そんなに何でもかんでも切りまくれるわけでなくてね。あんなにバサバサとなんかいけないんですよ。人も一人斬れば骨も肉もあるから、刃こぼれがしちゃって大変なんですよ」

いや、あなたそれ現在形で、経験談で語っちゃダメですから。

怖い、怖い。

伝聞、分析、一人称で語っていいものとそうでないものあります。

余計なお世話？……2019.05.16

バスや電車のシルバーシート。

そこに座るのはためらわれますが、普通の席でも自分が座っている時に高齢の方が来た時に席を譲った経験のある方はいますよね？

ただ、その時「どうぞ、そのままお座りになっていてください。私は立っていても大丈夫ですから」と言われた経験もありませんか。

にこやかになごやかに言ってもらう分にはいいのですが、ぶぜんとした表情で、「結構です。私はそんな年ではありません」と、こんなふうに怒られ、車内に気まずい空気を作り出してしまった人もいるのではないでしょうか。

「お年寄りには席を譲りましょう」とひと昔前なら何の違和感もなく目にしていた表示も、今では問題視されるのではないでしょうか。

「席を譲るって私を年寄り扱いして…」、今はエージハラスメントだと言われかねない。

席を譲ろうと思った判断を問われれば確かに難しい。親切心からの行為がかえって厄介なことになるのであれば控えてしまう。

「年寄りには席を譲るものだ、座らせろ！」なんてほうがむしろ気遣いがなくて楽だなんていうのは、さみしい。

ただしこれが身内になるとまた違った悩みになる。

高齢になった親が心配だからと、普段から気にかけている。

老化はまずは足からと健康を心がけて外を歩く親に感心しながらも、決してすたすたと歩くわけではない親が心配になる。転ぶようなことがあれば大変。そんなことがないよう、足元が安定する手押し車を使うよう勧めると「年寄りに見えるから嫌だ」と拒否。年寄りに見えて嫌だと言うその女性は、90歳。

年寄りに見えて嫌だ。ふーん、そういうものか。

そんな話を聞いていた別の女性は、まさに転ばぬ先の杖という言葉のとおり、歩く時に杖を使えば安心と自分の親を見守る立場で杖を買ってあげたと話し出す。

でも、うちの親こう言うんですよと続ける。「そんなの年寄り臭くて嫌だ。私は使わないよそんなもの」。

あきれたように言うその女性は、「うちの親、とっくに80は超えているんですよ」。これは子どもからのハラスメントになるのか？

高齢者が起こした痛ましい事故などにより免許を返納する高齢ドライバーが増えたというニュースも聞きますが、それはきっと自主判断以外に家族からの進言に従ったケースもある。

他人の命に関わることだから、重大・深刻さに敏感になるのはわかりやすい。しかし、転んでも自分のことで他人様《ひとさま》には迷惑をかけないしと考えるのであれば、なかなか危険防止の動きにつながりにくいこともあるのか。

車に関しては利便性より命と考えられるが、毎日の過ごし方では見栄《みば》えより実というわけにもいかず、なかなかこの点は譲りづらいのかもしれない。

しかし、いざ怪我《けが》などにつながると周囲も巻き込むことになる。見栄えにこだわる矜持《きょうじ》が、元気の秘訣《ひけつ》でもあるだろうし、事故防止策がその矜持と背中合わせであると無理強いもできないのか。

転ばぬ先の杖も、馬の耳に念仏となるならばもどかしい。

お決まり

2019.05.17

自分のリズムを作る、お決まりの所作って大事だと思います。

習慣のようなものですが、自分のお決まりに固執し過ぎるのはかえってリズムを壊すことにもなります。

今日はこれをやろうと思っているのにできないとかえってストレスになり、本来整えるはずが乱すきっかけになってしまう。結局は柔軟性が大切なんでしょうが、それを持てずにかえって苦しむ悪循環となりかねない。とらわれ過ぎてがんじがらめになる。しなやかさが足りないのは考えものです。


それぞれが保っているお決まりやゲン担ぎなんだろうなと、想像できるものがあります。

空間的な感覚なんてのもお決まりがあるよう。

たとえば、サービスエリアなどのトイレ。

皆さんだいたい無意識のうちに、入って使うところが決まっていて、そこに自然に向かうんでしょうね。トイレはいくつもあるのに、隣に人がいてもそこを選択する。右から奥から何番目というような感覚でつい選ぶんでしょうが、きっと出が違うんでしょうね。

ジムのマシンでも、利用者が少なく、マシンも何台もあるのに、なぜか隣に来られることがある。こんなにすいてるのになんで？

その人にとっては、どこでもいいというわけではないんでしょう。きっとそこが自分の場所と決めている。その場所があくまで待つこともあるんでしょう。しかし、その人のお決まりでもそれが他の人を圧迫していることは想定外かもしれません。

ここが落ち着くという、場所への固執は誰しもそれぞれあるのではないでしょうか。ただここでしか落ち着かないと決めつけるとかえって息苦しさを招かないか。自分だけでなく人もいれば巻き込むこともある。知らず知らずのうちに身についてしまっているこだわり。習性は無意識に人を支配します。

ユニットバスに慣れると、銭湯でも広い湯船の端っこでひざを抱えてしまう。砂浜に行っても庭の広さの範囲しか飛び回れない。

慣れにより整えているつもりが、しばられているならば時にリセットも必要です。

知らぬとはいえ気の毒で

2019.06.04

時に意図せずどうにもならない空間に追いやられることがあります。ひたすらその状況に耐えるしかないものの、それぞれの胸中を聞いてみたいと思いました。

私はサウナ好き。汗とともに毛穴の一つ一つから老廃物とストレスが発散される気がします。

さてそのサウナ。時にその場所によっていろいろな光景がある。

私がいくつか行くところで共通するのは、サウナ内にテレビがあるということ。今や珍しくも何ともない。以前は、ただ砂時計や12分計をにらみながら暑さに耐え、自ら進んでそこに身を置く修行のようでした。ところが今はテレビを楽しみながら時間を過ごすことができる。

相撲がある時のサウナルームはさながら支度部屋にいるような錯覚を抱く。一番低いところにテレビがあり、すり鉢状に1段ずつ高くなっていく形状。私はその一番上に陣取り、遠くの画面に映る土俵をみんなと一緒に眺めている。そう、みんなで。一番後ろの私の視野に

入るのは、おっさんの肉厚な素っ裸の背中ばかり。いずれもまったく美しくない背中。その
さらに先にはまわしを着けた力士たちが相撲をとっている。体格のいいオヤジが腕組みして
下半身にタオルを巻いて取組に一喜一憂している姿は、もはや同僚を見守っているどこかの
相撲部屋の様相。

また他のサウナでも、コンパクトながらテレビはちゃんと設置されている。その画面では
『水戸黄門』や刑事物のドラマが放送されている。これが、またやや厄介。タイミングがあっ
てつい見始めると止められない。悪党や犯人が捕まりそうで捕まらないが、でも暑い。ここ
で出れば犯人も悪玉もわからずにもどかしい。必要以上にサウナは長くなり、出るタイミン
グを失う。

どちらも共通しているのが、客はチャンネルを変えられないということ。入った時の巡り
合わせで見るものが決まるということになる。

さて、先日。入ると何人かの先客がそこにいる。もちろん男湯、私を含めおっさんばかり。
ほどなくしてみんなが見ていた番組が終わる。すると次に始まった番組が、完全なる幼児向
け。肉をまとった汗だらけのおっさんたちが仕方なく画面を見つめている。もちろんその場
もチャンネル変更はできない。

すると画面からは、♪にゃんにゃん、わんわん仲良くしよう〜♪という感じの幼児の歌が流れてくる。まあ、幼児とお姉さんとが遊びながらかわいらしい歌を歌い、愛らしい動きとお姉さんの優し気な踊りが画面を占める。

しかし、それを聞いているのはくたびれたおっさんばかり。しかもこれが長く感じられること長く感じられること。

かわいらしい子どもの歌をピクリとも動かず、じっとかたい表情で見つめる暑苦しいおっさん連中。何とも異質な空間に「コントかよ」と心の中で叫んでいました。

まさかこんなおっさんたちが裸で見つめていると思ってもいないだろうに…。テレビの中の子どもたちが少し気の毒になります。

受け手の気持ちになって送り手は放送しろとはよく言いますが、時にそんなことを考えてはいけないこともあるのです。

なにを改革？ 2019.06.11

決めごとというのは、最大公約数に重きを置き、照準を合わせるというのがセオリー。物事完璧なるウインウインなどそうあるはずもない。

働き方改革が叫ばれている。睡眠時間もままならないほどの異常なまでの残業時間、サービス残業を強いられ、追い詰められて過労死にまで至る事例の異常さが表面化している。劣悪な環境をなくそうと、快適な労働環境を提供する現場への配慮が今や企業のイメージを左右する。昭和も遠くなり、「モーレツ社員」などという言葉はどこか別世界の化石のような印象を与えるかもしれない。

ただその残像を抱えている世代には、この流れがしこりとならないか。現場に無理強いをできないがゆえに、自分たちが代わりに働かざるを得ない。するとその様子を見て、管理職などなるもんじゃない。上の地位など行かなくていいから、休み重視でほどほどに働ければいいと考える人間もいる。その一方、バリバリ働きたいが横並びにさえぎられて意欲がそがれる。やってもやらなくてもやっていけるなら、人は本来易《やす》きに流れる。

1.『ずくだせえぶりでい』の時間

果たしてそれで競争力など備わるものなのだろうか。働きたいのに働けない、働かせないために働かないといけない。気持ちと裏腹の現実に悲鳴を上げる上層部と現場双方の声を聞きます。

そこそこがいい空気には、そこそこの力しか宿らないと思うのですが、もはやそんな声を上げるのもはばかられる働き方改革の大号令。

時短とともに労働の質がそれ以上に向上しないと、時間のクオリティーは劣化するだけ。

交通、流通、通信…、便利になって浮いた時間をどう活かしているか。この先ますます進化する人工知能（ＡＩ）の導入により浮く時間、それを価値あるものにしなければＡＩの無駄遣いになる。ひところ言われた「心の豊かさ」も最近はとんと聞かなくなった。余裕を持てるのなら、果たしてそれに応える「時の豊かさ」を体現できるのか。

信じた年金制度とて不安のツケは国民にくる。信じた働き方改革のツケなどと言ってこの先その報いを受けぬよう、経済、人口、空気感、さまざまに先を読み、しなやかに対応できる柔軟さを備えておかなければ…。

漠然とした不安は、もっとも思考を甘やかし行動に向かわせない。

考えておかねば！

サトル

2019.06.26

最近はあまり聞かなくなった気もする。「空気を読む」という言葉。周囲の多くで空気を読むようになったからなのか、それともこの言葉の乱用にあきたからなのか、あるいは忖度《そんたく》という言葉にかき消されたのか。

それはともかく、場違いな発言というのはその場の空気を一瞬にして壊す破壊力があります。そこには話の流れや、受け手の心情、距離感などをくみ取れないなどさまざまな要因があるのでしょう。

悪気も何もないんですが、言葉一つで距離感が途端に変わることってありますよ。

先日、長野でマッサージを受けました。わざわざ専門のところに行くのは、10年ぶりくらいでしょうか。人生で二度目。周囲の評判がいいので行ってみたらと言われ、足を運びました。

まず店に入るとその対応に当たってくれたのが、私と恐らく同世代だろう男性。まあ、おっさんです。

とにかく初めてだとお客さまカードを作るためか、名前や電話番号などを記入しないといけない。システムがわからないし、料金も含め不安があったので、緊張しながらも書き込む。

その後、丁寧にレクチャーしてくれマッサージを受ける準備完了。やや緊張がほぐれいよいよ施術の段になり、担当者から改めてご挨拶《あいさつ》。

「それではこれから始めます。改めてよろしくお願いします」

なんとまあご丁寧にと感心していると、自己紹介がある。

「それではあちらのスペースへどうぞ。本日お客さまを担当いたします。私、サトルです」

えっ、いきなりファーストネーム？

確かに密着行為になるが、そんなに距離を詰めなくてもいいんですけどと、戸惑いました。

確かに見るからに人は良さそうだったが…。でも、今反省しています。

やはり「サトルです」の挨拶《あいさつ》にはこう答えなきゃいけなかった。

「克明です」

肝心のマッサージは、とても良かったです。

また、行きます。サトル！

バナナが1本ありました。

2019.06.27

この番組のスタッフや毎日それを運んでくれるオペレーターは知っている話だし素直に受け入れてくれているのですが、他ではなかなか受け止めづらいのか。

今、私の昼飯は、毎回オペレーターがトレーに乗せて運んできてくれるんです、軽々と。それもそのはず、トレーに乗っているのはマグカップに入ったお茶とラップにくるまれたバナナ1本。本当にこれだけです。

今はリンゴがない時期なんでバナナですが、リンゴが出始めればフジが終わるまでリンゴを毎日1個。「1日1個のリンゴで医者いらず」と言われますが、本当にわが身を持って証明しているという自負があります。これまで12年病欠ゼロですからね。少なからず自分の健康に貢献してくれていることは間違いないのではと思っています。

スタジオゲストとして来た方は、私のバナナランチを見て、「本当にこれだけですか？」と驚きますが事実だから仕方がない。

先日もあるイベントの事前打ち合わせで、「お昼どうされますか?」と心配していただいたので、「私のルーティンなので、バナナだけで結構です」と言ったにも関わらず信じてもらえないのか、何度も「本当にいいんですか?」と。「いや、ですから本当にいいんです。遠慮なんかではなく毎日のことですから」と。

さて当日現場に行くと、大きなクーラーボックスが置いてありその側面には大きな紙が貼ってある。そこには大きな字で『坂橋様昼食』と書かれている。

しっかりお伝えしたのに、こんな大きなクーラーボックス用意していただいて、また気遣いをしてくださり、用意してくれたのかなと開けてみると…、そこにはバナナが1房。

思わず心の中でこう叫びました。「オレは猿かよ」。

1本でいいと言ったのですが、信じきれなかったのでしょうか。申し訳ないことになってしまいました。

しかし、昼食にと用意されたのがバナナ1房って、完全に猿やチンパンジーの類い。もうネタでしかない。

でもそのあとも本当に遠慮だと思われたのか、サンドイッチなども昼までに用意していただき、お手数をかけてしまいました。なかなか信じていただけないようですが、本当にそれだけなんです。

ただし、ここでちゃんと訂正しておきます。

私は、昼は簡単にすませますが、朝・夕はそれなりに食べてます。

「お前、食事って3食バナナしか食べないんだろう？　大丈夫なのかそれで？」とよく言われるんですが、それで大丈夫なはずはない！

それでは生きてはいけませんからね。

3食バナナってそれじゃ本当に猿だし、猿だって3食は食べないでしょうが…。

リンゴ・バナナは昼だけの話ですから。

でもね、皆さんそれでも体はもちますから。

本当の顔

2019.07.04

そこは女性と男性では大きく違うんですよ。それはすぐ外出できるかできないか。大きな原因は化粧の有無。

男はまず化粧などしないが、女性は「ちょっと一緒に出掛けるよ！」「急に言われても。ちょっと、待ってよ。化粧してないから…。すぐなんか出られないわよ」となって、時間がかかるのは大変だなと思います。家の中ではいいが誰かに会ったら困るからということらしい。

その一方で、自分が休みだと勤務地周辺以外では人に会う可能性が少ないと考えるのか、意外に無防備で出るケースはありませんか？

また、平日でも自分が休みだと休み仕様でつい出掛けて、そういう時に限って人に会って焦るというマーフィーの法則的なこともあるよう。

女性がノーメークでも意外に見かけたほうが気づいていないことも多いと思いますが、その変化が大きい人ほど見たほうは気づくことが少ない。

とはいえ気づかれたらどうしようというリスクマネジメントは年々意識が薄くなるのか。気づかれた時に慌てるのは実は本人より見たほう。見てはいけないものを見てしまったかのような妙な背徳感すら覚えます。ただ、こういう時は気づいた時に声をかけないのがエチケットなんだろう。見て見ぬふりも大切なことか。

メークに関しては男女で大きく変わってしまうが、男女問わず普段知っている様子と振舞いが違った時の気づきは時にスルーがベターと、思えることもある。

会社では実に堂々としている人が、奥さんに買い物を頼まれたのか、メモを片手に必死に探している様子を見かけてもとても声はかけられない。しかも、商品の消費期限までしっかり確認しているのを目撃してしまっては、見なかったことにしてしまう。

また、普段は穏やかでおとなしそうな上司が、運転席で怖い顔して、荒い運転で自分の車の前に強引に侵入。見てしまったものを見なかったことにするのは意外に難しい。

本人の知らないところで査定が行われるのは考えると怖い。知らぬが仏かもしれないが、知ってしまったほうは抱えるものが増えるもの。容姿の違いより、態度の違いに人は戸惑う。

その顔は本当か？

本当の顔って、目鼻口がついている顔じゃないからわかりづらく怖い。

あわや

2019.07.10

片づけが苦手と言う人は確かにいます。机の上が常に片づいていない、なにかやろうとするたびにデスク上をあちこち探す。そのつど資料の山を崩して探しては時間を費やし、何とも非効率。まあ、他人に迷惑をかけない分にはとやかく言うものでもないか。

また会社だけではなく自宅でも同様のケースはある。ワイドショーなどで取り上げられるゴミ屋敷とまでなったら迷惑千万であろうが、そこまでいかなくても何となくいつも片づいていないという人が中にはいます。

急な訪問で、「散らかっててごめん」と言われるとなかなか反応に困る。実際にお邪魔すると、きれいになっている時は「これで?」と思い、謙遜の一言だったことに安堵《あんど》感を覚えるが、本当に散らかってる時はなかなか「本当ね」とも言いづらい。

ただ昔から言います。「垢《あか》やほこりで死んだやつはいない」と。ズクナシが自己弁護に言い放った言葉でしょうか。

ある奥様が、友人のお宅を訪れる。いつものように「散らかっててごめんね」とその日も言われるが、日頃から意外にズボラなことを知っている仲。いつお邪魔しても何となくフロアにいろいろなものが散らかっていたり、壁にいろいろかけっぱなしになっていたり、掃除も嫌いと公言していることを知っている。

そのため言われた側も慣れっこで心得たもの。「いいわよ、十分わかっているから。知らない仲じゃないから」と言ってお邪魔する。するとその日通された部屋の様子に戸惑う。いつもに比べてずいぶんと片づいて、むしろ驚くほどきれい。

「えっ、どうしたの？ 散らかってなんていないじゃない」

「そうかしら。まあ多少ね」と謙遜の表情まで浮かべる。

そして何やら話したい様子で、「それがさ…」と話し始める。

聞けばご主人がずっと咳《せき》が止まらず、長いことゴホゴホやっていた。どこか具合が悪いんじゃないかと心配になって医者に診てもらうように勧めたと言う。

するとお医者さんから、「どこも悪いところはありません。気管支や肺などに問題があるということではないんです。ただ言いにくいのですが…、家の中はきれいになっていますか？家の中のほこりなどが原因だと思います」との診断があったとのこと。

ちっとも治らなかった原因は家の〝ほこり〟。

それを聞いてさすがに家の中を掃除。きれいにすると症状も治り、今ではすっかりよくなったよう。

ほこりで死んだやつはいない？　いないかもしれないが死にかけることはあるらしい。

侮《あなど》るなかれ、家の汚れ。

ズクナシもほどほどに。

それでよし？

2019.07.17

その時代その時代でいろいろなものが生み出されるし、廃《すた》れもする。だからこそ言葉は生き物と言われます。特に現代は、SNS（会員制交流サイト）などのやり取りが盛んなため、なるべく簡略化することは頻繁にある。若い世代は物事を端的に言い表すことに関しては、かつてなく造語的なセンスに長《た》けているのではないでしょうか。

小さい頃から学んでくる中で、『反意語』、反対の言葉というものがあります。高いに対して低いとか、強いに対して弱いとか。意味が対をなす言葉で、セットで覚える。

流行を生み出す言葉でもユニークなものがありました。ソース顔と醤油顔。濃い顔に対して、あっさりな感じの顔立ち。顔の表現を調味料でたとえていますが、しっかりイメージはできました。

しかし、どうしても対比がわからないものがある。最上級の意味合いはまだわかるが、その対極がなぜそれなのか。

それが相手に接する姿や態度の違いを表す、「神対応」と「塩対応」。「神」はわかるが、しかしなぜその逆が「塩」なのか。

そもそもはクレームやいろいろな現場対応が完璧な様子をこう評したようですが、それはわかる。まさに神様のような応対で相手も納得してしまう様子はイメージできる。

しかし、それに対して何ともそっけない味気ない様子、木で鼻をくくるというような感じを塩対応と言う。

そもそものしょっぱいの意味合い、つまらぬものなどということからきているのでしょうが、神の反対の位置付けが調味料とはいかがなものか…。確かに熱中症の季節を迎え、水分だけでなく塩分も大事なことは重々承知する。それにしても対比にしては何とも格が違い過ぎないか。

たとえば、神対応に対して悪魔対応と言うほど厳しいものではなかったということなのか。自身の対極に位置するものが塩でも仕方なしとするのであれば、神の寛容度も何とも甘過ぎる気がする。

言葉を生む不思議な感覚。

それもだんだんとついていけなくなるのか…。

本質の証明

2019.07.30

自分の見ていたすてきな姿はほんのごく一部であり、それに知らなかった情報が加わり、印象はいっそういいものへと濃く色付けされると別格のものになります。

人と人との出会いは、すべてが縁で意味あるものだと思っています。しかし、その相手の本当の顔がすべてわかるわけではない。お付き合いの中で受け止める実感。それにより信頼感が醸成される。つまり自分の対人評価フィルターがすべてと言ってもいい。

先日大切な本当に大切な人とのお別れ会に出席しました。人生の先輩として、また社会人・企業人として尊敬の念で見つめ、まさに手本としていた方。その方のあまりに早過ぎる死を悼《いた》み、悲しみに暮れていた。

出席した皆さんも同じ思いで、どれだけ多くの人に愛され、親しまれ、敬われ、憧れを抱かれていたのかと、改めてその人望・人徳に気づかされました。

そして、ごく近い方々からのエピソードは、誰もが知らないような、それでいてやはりその方らしいなとその人格を感じさせるお話。内にも外にも人としてあるべき姿勢を貫き通した、その強さと優しさを誰もが実感しました。人の本当の価値がわかるのは肩書を離れた時、そして亡くなった時だと思います。

そして、生前にその奥深い尊さに気づききれていなかった後悔は、実につらいものとなります。

もっとこんなことを教えていただきたかった。

あんなことを学びたかった。

抱えていた届かぬ願いがあふれてもすくえない。

2

『ずくだせえぶりでい』誕生から明日へ

プロローグ

改元ムードにわいた２０１９年。元号が変わり新たな時代が幕を開けた。その『令和』元年からさかのぼること31年…。

大学卒業と同時に帰郷して会社員人生がスタートした。世間一般の若者のように、確かに一応の初々しさはあったはずである。とはいえ、大いなる夢があったわけでもなく、かといって確たる目標があったわけでもなく、何となくやってみたい程度の思いで飛び込んだ放送業界。

そこでの日々で数えきれぬほどの人に出会い、多くの経験をし、たくさんの失敗を重ね、さまざまな学びの中で想像もしなかった自分に出会えることになろうとは…。

会社員としての約30年は、まだ見ぬ自分の土壌を起こし、耕し、水や光や養分をたっぷりと注ぎ、実をつける喜びを教えてくれた。しかし、それは振り返っても決してあっという間ではなかった。

昭和の終わりに学生に別れを告げ、平成の世で組織において世の中を知り、令和の今、組織を離れて、これまでとは異なる景色を見ている自分がいる。

肩書は、フリーパーソナリティー。

今プロフィールにはこう書き、新たなステージで仕事をさせていただいている。

２０１７年9月、約30年のサラリーマン生活に終止符を打ち、信越放送株式会社を退職。夢にも見なかった形で社会に出て、予想すらしなかった姿でリスタートし、イメージなどまるでできなかった光景が現在目の前に広がっている。

人生とは本当にわからないものである。

それゆえおもしろいのだと信じたい。

1 「マジかよ?!」ミステリーツアー

♪1枚の～辞令から～

『置かれた場所で咲きなさい』というベストセラー本のタイトルではないが、1枚の辞令からこんな未来が待っていたとは想像などできるはずもなかった。

そして、あの時発した一言は紛れもなく当時の心境であった。しかし、あれから31年、あの時発した言葉は今のこの状況を予期したものでもあったのだろうか…。

「マジかよ?!」

まさか自分の仕事人生が、この戸惑いいっぱいの一言から始まろうとは考えもしなかった。

思い起こせば約30年前、大学を卒業し就職した信越放送株式会社。そこから社会人としての第一歩がスタートした。4月、多くの企業と同様、信越放送でも新人全員がまずは会社全体の研修期間を経て、それぞれの配属が決まる運命の日を迎える。しかし、私は自分の配属が決まる辞令交付の当日でも、さほどの緊張感もなくその場に臨んでいた。

同期六人が集められた会議室で新人一人ひとりに辞令が渡される。

そして私の番がやってきた。

「坂橋克明 アナウンス部に配属を命ず」

「はい、えっ？ はっ？？ ア、アナウンス部？？？」

手渡された辞令を見る。その紙には間違いなくそう書かれている。当たり前だ、読み間違えるはずもない。文字を見てぼうぜんとする。

静粛な空気の中、パニックになっている頭。あまりの動揺に思わず言葉が口をつく「マジかよ！」。場面は辞令交付、まわりは社長をはじめ役員ばかり。その面々を前に言うべき言葉であろうはずがない。

焦点を失った目が何度も文字を追う。

「アナウンス部に配属を命ず」

辞令を受け取り自分の位置に戻るまでに数回つぶやいていたはずである。「マジ？」「マジかよ」「マジかよ～」と。

日頃「いつ頃からアナウンサーになりたいと思っていたんですか？」と聞かれることがあるが、辞令を渡されるその瞬間まで生まれてこの方まったく頭の中には〝アナウンサー〟になるなどという想定はなかった。

辞令は出た。しかし、よりによってなぜそこに私が？　何の経験もないのに？

それはパニックにもなる。予想だにしなかった部署への配属に、まるで不満ともとれる「マジかよ」と発した戸惑いにあふれた一人の若造を、当時その場に居合わせた役員の方はどんな思いで見つめていたのだろうか。

あれから30年。今だったらこう言えた。「ありがとうございます！」

私のしゃべり手人生は、この忘れがたい「マジかよ！」の一言でその幕を開けたのだった。

望んでなかったアナウンサー職

私の志望は、楽しい番組を作るディレクターだった。当時は娯楽がまだ少なかった時代。その中で、自分が小中高時代に楽しんできた、毎週楽しく笑える『オールナイトニッポン』のようなラジオ番組を制作したいという希望を抱いて入社したのである。つまり裏方として、放送局らしいクリエーティブな作り手を夢見ていたのである。

そう〝裏方〟である。

ところが現実の部署は裏方どころか、最前線のアナウンス部で、アナウンサーと呼ばれる人びとが所属する部である。何の憧れもなかった配属先での日々を過ごすことになったのである。しかし、アナウンサーというものに対する特別な思いがなかったことが、結果的に良かったと思う。アナウンサーの中にはアナウンサーになったという達成感にあふれてしまう者もいるのだろうが、私はこの立場を客観的に捉えることができた。

この業務をしっかりやらないことには給料がもらえない。どうすればお金をもらえる仕事ができるのか？周囲に迷惑をかけず、給料を堂々ともらえる仕事をしなければいけない。そこにはアナウンサーへの夢や憧れなど一切なく、ただ単に仕事としての視点しかなかった。

そこからのスタート。

当時の信越放送の採用はアナウンサー採用というものではなく、全員一般採用したあとに配属となったのである。まさにイチからの、いやゼロからのスタート。

給料泥棒などと言われぬようにとの思いで必死に配属後の研修にも取り組んだ。

しかし、他部署に配属となった同期は営業先へ挨拶《あいさつ》に行って名刺交換をしたり、報道に配属になった者はニュース原稿を書いたりと、いかにも社会人らしい、そして放送局らしい時間を会社員として過ごしている。

それに引き換え、私はというと部屋にこもり、アナウンスの基礎を学ぶ日々。正しい発声の仕方、口の開き方。大学を出た男が朝から晩まで「ア・イ・ウ・エ・オ」の繰り返し。いや正しくは「ア・エ・イ・ウ・エ・オ・ア・オ」。

こんなことをやっていて本当にお金をもらっていいのだろうか、後ろめたさも覚えるほど、社会人としては異質の研修が続いた。

基礎がない分、必死さがあったのだろう。真っさらな状態ゆえ、やるべきことを愚直なまでに繰り返し実践した。ルーティンの習慣づけの大切さを、この時に体や意識に染み込ませることができたのかもしれない。

こうして生まれた、まだ足元もおぼつかない生まれたばかりのしゃべり手。そんなひよっ子を温かく見守ってくれた当時の先輩たちには感謝しかない。

支えとなった言葉

アナウンサーというと華やかな印象を持つ方も多いかもしれないが、そこはローカル局のアナウンサー。ニュースから、天気予報、スポーツ中継となんでもやらねばならない。当時は今のようにグルメリポートなどもなく、娯楽性よりも、受け手に多岐にわたりしっかりと情報を伝えるという〝バランス感覚〟がアナウンサーに求められていた。当時の上司からは「地方局のアナウンサーは何でも屋だから」と言われたのが印象に残っている。

「何でも屋」と言われても、おもしろい番組を作りたくて放送局に入ったのであり、なかなか落ち着いた仕事は居心地がよろしくはない。加えて元来が落ち着きのない性質。カメラの前で真剣な表情でニュースを読んだり、天気予報を伝えたりというのはむずがゆく感じていた。

とはいえ、それらは基本業務中の基本。仕事として、重要な情報ゆえ間違いのないように伝えることだけには集中した。しかし、それは借りてきた猫のような妙なぎこちなさ、野球の投球で言えば「置きにいく」感じだったのではないか。

この様子を感じ取ったのか、当時の上司からかけられた一言が大きな支えとなった。

「お前は、基本的な業務はミスなくやってくれさえすれば良いからな。個性を生かして自分らしい仕事を伸び伸びやれば良い」

何のベースもなく飛び込んでしまった分野。あれもこれも、ミスなくきっちりとしなければと頭でっかちになっている自分に、肩の力が抜けるとともに大きな力を与えてくれた一言だった。

ありがたいことに当時は職場の人員もそれなりに整っており、新人の成長をおおらかに見守ってもらえる状況があったのも幸運だった。

とはいうものの個性を生かすにも自分の個性ってなんだろう？　そうだ、自分は人を笑わせるのが小さい頃から大好きなのだ。人の笑顔を見るのが何よりも好きで、どうしたら人を楽しませることができるか、そのことばかり考えてきたのではないか。その思考を形にすることが自分の個性の発揮につながるはずだ。

「あれもできる、これもできる」とバランスを求められがちなローカルアナウンサーのその応用力や対応力は、確かに大きな武器になる。しかし、あの言葉が「これはできる、これだけはできる」と全部を取りにいかず自分の持ち味を磨くことに意識を向けさせてくれた。

「個性を生かして伸び伸びやれ！」

いまだに忘れることができない。その後のアナウンサー生活で、自身を見つめ、自信を得る一言となって、いつまでもぶれることなく私の中心にあり続けている。

ただ、今となっては「伸び伸びし過ぎた」と思われていないか心配ではあるが…。

2 備えなくとも憂いなし?!

転機となった『みどりのたより』

縁というものはつなごうと思うといろいろな打算もはらむ。突如訪れるものには、丸腰で向かわざるを得ないが、それが結果としてプラスに向かうこともあるだろう。

私の担当しているラジオ番組『ずくだせえぶりでい』は、多くの長野県内のリスナー、とりわけ農家の方に仕事をしながら聞いていただいている。ラジオは「〜ながら」メディアの典型であり、世界一の信州の農産物を生産する傍らにいつも自分の放送があるとしたらありがたい限りだ。

番組ではおなじみの「ラジオは農具の一つです」という実にありがたいフレーズは、上田のリスナーから実際に寄せられた言葉であり、これほど番組のスタンスを言い表す象徴的な言葉もないだろう。

そもそもそんな農家の皆さんとの接点は、代々の若手アナウンサーが担当してきた土曜日朝の番組『みどりのたより』だった。

もう担当を離れてから20年以上たつのにいまだに「昔、ＪＡの番組に出ていたよね？」「土曜の朝の番組をやっていたよね？」と声をかけられる。ひどいケースでは「農家のところに邪魔しに行っていたよね」という声もある。

覚え方は人それぞれにしても、皆さんの記憶に自分が出演していた番組が何らかの形でとどまっている。うれしいものだ。

入社３年目、毎週土曜日の朝７時から30分間の農協提供のその情報番組を担当することになったのだ。

多くの人の記憶に残っている理由に、当時はまだ学校も土曜日は休みでなかったという事情がある。登校前のちょうど良い時間帯にオンエアできた理由は、その視聴背景にあったはずである。

何の巡り合わせなのか、尊敬する先輩が体調を崩して、暫定的に代打登板した流れから結局引き継ぐことになった。いきなり訪れた機会ではあったが何分にも経験不足の状況。背伸びをしようにも、できるスキルはない。もうそこは、「自分らしく伸び伸びやる」との言葉どおり、開き直りしかない。自分にできることを、飾ることなくやるしかできない。

結果的にそれが良い方向に転がっていったのであろう。

番組ではもちろん農業情報もしっかり伝える。ただしそれとは別に、私と女性アナウンサーが、スケートやら水上スキー、はたまた番組で編成した野球チームで視聴者と対戦するといった様子も伝える。もうお気づきだろうが、農協提供ながら農業とはまったく関係のない挑戦企画を頻繁に放送したのである。これで良いのだろうかと思いながら…。

しかし、やっているうちに取材先からの反応で、多くの方に見ていただけているらしい声も耳にするようになった。もともと農業は生活に密接な関係があるものであるが、さらに画面の中の人間がぶざまな様子をそのままさらしたことで視聴者に親近感を持たれたのではないか。

きっとTVのリポートというのは、そつなく上手に、時にはきれいに優雅に、リポートするものだという概念があったのではなかろうか。実際に私自身もそう思っていた。しかし、毎週土曜の朝、テレビ画面の中にはそんな印象からはほど遠い男が暴れている。私とてうまくやれるものならそれはうまくやりたいとは思った。しかし、いかんせんそんな技術はない。ぶざまさを責められるなら、責任は起用した側にあると開き直っていたくらいである。

スポーツ企画などに挑めば、初心者ゆえ無残に転倒する、頭は打つ。作業を手伝おうとすれば手順も覚えられず、邪魔をするだけ。

以前なら「こりゃ、まずい」という声もあっただろうが、「こいつがやるんだから仕方ない」というスタッフの寛大な心に救われた。

情けない姿が笑え、ありのままをそのままさらすのがきっと身近に感じていただけたのだろう。そうした番組のスタイルに次第になじんでいただき、視聴率も上昇し、それが自信に変わっていった。

カッコよくやらなくていい、そのままで良いんだ。自分らしく飾らず臨む姿を見てもらえば良いのだ。

まあ、そもそもカッコよくなんてできるはずはなかったのだが…。

うまくやろうと思わなくて良い、失敗しても構わないのだという前提は大きな勇気を与えてくれ、キャリアの未熟さを大いにカバーしてくれる挑戦者魂を植えつけてくれたのである。そもそもできないことを肯定する自然体のスタンスは、その後の仕事での大きな推進力と自信になった。

番組は何年にもわたるシリーズで、リンゴ、レタス、梨、スイカ、お米など、世界一の信州の産物に近くで関われた時間は二度と体験できない貴重な時間であった。

また農家の皆さんに密着し、1年間の仕事の流れを定点観測して、農業そのものも学ばせていただいた。農家の方の苦労も仕事ぶりも肌感覚として実感でき、大きな財産となっている。番組を離れた今でも家族ぐるみでお付き合いが続いており、そのご縁には感謝するばかりである。

多くの皆さんに見ていただき、実際に記録した最高視聴率はなんと15・2％。現在もしっかりその視聴率表を保存してあるが、とんでもない数字である。

土曜日の朝7時からのオンエアでこの数字は、今では考えられない高い数字。今でも番組名を言って声をかけられるのは、あの時の数字の確かさだとそのたびに喜んでいる。実に費用対効果が高かった番組であった。

そして、あの時がむしゃらに関わった番組が、その何十年後につながることになるのである。

「ラジオは農具の一つです」と言っていただけるほど聞いていただいているラジオリスナーと、現在の私を結んでくれるのがその農業であり、あの時自分のスタイルの原点ともなった番組のメインテーマだったのが農業・農家である。

あの時は何も思わず向き合っていたものが、何十年後の今、その皆さんとより密接にラジオを通してほぼ毎日過ごすことになろうとは思いもしなかった。

番組を思いがけず担当することになり、丸腰で向き合わざるを得ない状況が、振り返ってみれば、その後の自分のカラーや方向性が決まる契機になっていたのである。

6年半もの長期間楽しく担当できたのは、背伸びせず、等身大の自分を見せられ、またそれを受け入れてくださった視聴者の皆さんがいたからこそである。

今も多くの方に気軽に声をかけていただける。それはあの時のテレビ越しに出会った皆さんとの財産だと思っている。

合縁奇縁。人の縁とはおもしろいものである。

ふと目注意報

「個性を大事にしろ」。その言葉が一つの自己変革の契機だったとしたら、出来事としての大きなそれは五輪だった。何しろ変革とは何も内面だけのことではなく外見も変えることになったのだから…。

1998長野五輪。

「City of Nagano!」

五輪開催地決定を伝えるサマランチ五輪会長の一言はきわめて印象的だったが、あの五輪が決まる過程で熱気を肌で感じながら仕事として関われたというのは自分のキャリアの中で本当に大きな経験となった。それは単に仕事にとどまらず自己変革にまで及んだのだから…。

今や１９９８年長野五輪時の熱を語れるスタッフも少なくなってきたほど時の流れを感じる。20世紀最後の冬季五輪は、平成の前半のこととなれば令和の今からすれば前の時代のこととなる。若い世代に話しても、肌感覚もないゆえに昔話との受け止めもよくある。

長野市内は外国人であふれ、異常なまでの活気がみなぎっていた。長野新幹線開通の際には「東京は長野だ」というコピーがあったが、長野五輪の際はさながら「長野は世界だ」という空気。残念ながら今ではまったく信じられないが…。

信越放送では当時長野駅東口に特設スタジオを設け連日生放送番組をオンエア。私もその担当者として、ほぼ毎日夕方の番組を担当していた、もちろん取材もしたうえで。期間中は朝早くから競技会場に取材に行き、夕方には戻って来てスタジオで生放送の繰り返し。朝のまだ真っ暗いうちから白馬に出掛け、寒さの中競技の取材をして、その後また夕方には戻るという生活も当たり前の日々。しかし、世界のトップを争う場所に身を置ける興奮は貴重な経験。生まれ故郷の長野が世界の関心の中心地になり、その発信に自分が関われる。その時間の価値とやりがいは自らを仕事に集中させた。

疲れを感じ、腹をすかせる暇などその熱気が与えなかったのではないかと思えた。

そうなのだ、空腹すら遠くに追いやってしまったのだろう。

仕事のキャリアとしての重みは言うまでもないが、別の点でもあの五輪は私を大きく変えた、内も外も。内は充実感と達成感。外は…。

いったい、何度同じことを答えただろうか。

「痩せましたよね？　以前太ってましたよね？」その以前ってどこまでを指すのだろうか。

そう、間違いなく太ってましたよ。

そして「痩せましたよね？」

「はい、痩せました」

でも痩せてからもうずいぶんたつのだが…。

少なくとも21世紀はこの体形。

痩せたという過去形ではない、もう約20年はこの体形を維持している。それにもかかわらず、何度同じことを聞かれるか。どうやら他人の印象というものは強いインパクトを与えたものは容易に除かれないようだ。

内面だけでなく外見の変化をもたらしたのが、あの五輪。

五輪は大きく私を変えてくれたのである。

すべてはあの時がきっかけだった。

それは真冬の白馬から始まった。

デブストーリーは突然に！

時は1998年、場所は白馬ジャンプ競技場。

その日は、まさに五輪という舞台で日本勢の熱き戦いが行われようというメモリアルデーのはずだったが、「出物腫《は》れ物所嫌わず」。よりによってジャンプ競技場で〝大〟をもよおした私は、トイレに向かった。

ところが、見ればあいていたのは和式トイレのみ。

あーあ、仕方ない。パッと下ろして、ちゃっとすませて、さっと現場に戻ろう。そう思って入室。

凍える空気の中、仕方なくしゃがんで踏ん張ること数分。そう、ほんの数分のことだった。

用をすませた自分にそんな事態が待っていようとは…。

濡れているのである、それもしっかり。

いや、あなた。いくらなんでもいい大人がお漏らしじゃないから！

ではどこがかって？

太もも。それもじっとりと。

力んだとはいえお尻丸出しで冷気にさらしたのである。体は冷える。それなのに太ももは汗でびっしょり。そう、肉付きのいい私の腹と太ももが生み出す熱空間が、そこに大量の汗をほとばしらせたのだ。われながらこう思った。

最低…。

自分のデブさ加減にがっかり度はピーク。

「このデブオヤジがっ！」、自らへの幻滅はK点を越えた。

本当に真剣に痩せなければ、自分が嫌になる一方だ。

五輪が終わったら今度こそ、今度こそ真剣に減量しなければ…。この思いがけないきっかけがダイエットチャレンジのスタートになろうとは、想像もしていなかった。

五輪と減量。私にとっては実に意外なタイミングでダイエットのスタートとなったのである！

朝食もそこそこに取材に出掛け、現地で取材。車で戻るまでになにか簡単にお腹に入れられるものを調達して…。そんな慌ただしいスケジュールの中で用意したのがヨーグルトにバナナ。手っ取り早く食べられる上に、それなりに食べた感は残る。短時間ですませられ十分においしくありがたい。その手軽さにはまり続けていると期間中に体重が結構落ちた。

あれ、このおかげ？

それならばせっかく体重が落ちたのだからしばらく続けてみるか。

これが今に続く体の構造改革の起点となったのである。

良いことは続ける。いまだに昼は当時のバナナに換わって基本的にリンゴ1個。おいしい信州のリンゴが何よりの味方。1年のほとんどは私の昼の主食である。

それでよく持ちますねと言われるが、持つのである。ただしあくまでも私にはこのスタイルが合っていたという話ではある。

ちなみにピークの74・5kgからもっとも減った時には54kgまで落ちたが、さすがに少々やり過ぎた。今は少し戻したが、約15kg減の状態は令和に入っても変わらず、21世紀の姿を維持している。

こうして1998年2月、長野五輪イヤーは私には忘れられないきっかけの年となったのである。

五輪がご縁

長野五輪が自分のキャリアの中で一つの節目になったのは間違いないが、それから4年後の五輪は違う自分を引き出してくれたと思う。

舞台は2002ソルトレーク五輪。思いがけず取材に行くことになった。

ローカルからも取材枠があるということで、上司の推薦もありその枠で行かせていただくことになった。とはいえ潤沢な予算があるわけではなく、開会前日に現地に乗り込み、閉会当日に発《た》つというタイトなスケジュールで単身乗り込むことに。航空券・事前の宿の手配も全部自分でやり、現地放送用の技術的な協力も同僚から得て単身で乗り込んだ。

今になって振り返ると隔世の感であるが、当時はネットの環境も今とは雲泥の差。つながりにくいし、オンエア素材も簡単に作れない。添付ファイルで素材送りなどと簡単にできない。まずは選手などにインタビュー録音、それをパソコンに取り込み編集する。ここからここまでと編集点を決めて地道につなぎ合わせる作業を重ねる。

選手、項目ごとにいくつかのトラックに分け、それらをまとめて簡単な原稿を書き添付して送る。その繰り返しの日々。時にはメディアセンターで最後の一人となることも。舞台は五輪、期間中得も言われぬ高揚感で毎日を迎えていた。大会前半は競技も集中し、朝暗いうちから会場に出掛け、取材をしてメディアセンターに戻って来る。そして遅くまで編集・放送準備を整えたあと宿に戻り、寝たと思ったらすぐに朝。冬の五輪ゆえ当然寒さの中で過ごす時間、体が日々疲労をため込んでいくのもわかった。

「あれ、これどこかの既視感が強い」と感じるのは当然、同じ五輪の舞台。4年前に長野で経験したスケジュールが体を通して思い出されたものの、なにか違う。

そうここはアメリカ。大きな問題が立ちはだかっていた。

それは時差。長野とソルトレークの時差はマイナス15時間。昼夜逆転。そうなのである。現地で寝る時間に長野の番組がオンエア。

ラジオ番組ごとにリポートの発注を受けるもその発注がそれぞれゆえ、みんなが自分の番組に入れてくれれば良いとなる。結局全部応えていると自分の首を絞めることになり…。睡眠不足と繁忙感が疲労に拍車をかけ、体力の低下を自覚できるほど。途中新聞社のスタッフと食事をした際に、頭が重く思考が遅くなり、体が熱っぽくなって急いで切り上げ宿に帰ったのを覚えている。あとにそのスタッフから「みるみる具合が悪くなっていくのがわかって、あのあと心配してたんです」と言われたのを今でも覚えているが、あとにも先にも21世紀に入ってあんなに具合が悪かったのはあの時だけである。

とはいえ期間中必死の思いで踏ん張れたのは、先が見えていたということ。期間の延長も短縮もないわけだからそれこそ気合の配分もコントロールできた。そして何よりも世界のトピックの中心に自分がいられるということ、それも長野から一人で来て機能しているということ。この充実感は大きな支えだった。長野五輪よりきつい環境、4年たって体力の低下もあっただろうが、それを最低限に食い止められたのは日頃の体力強化の賜物《たまもの》と自ら褒めたたえた。

そしてこの時大きかったのは、自らの仕事への自信。

現地には複数人員に多くの機材とともに入った東京からの放送スタッフがいた。そのメンバーとも仲良く仕事をさせてもらったが、慣れてない冬の競技・取材にこちらが情報提供を求められる場面が何度もあった。競技関係者の顔やプロフィールなど一日の長がある立場にしてみたら、そのオファーはうれしくもあり、一人ゆえフットワークも豊かに情報提供できた。動きはローカルも何もなく、力はしっかり備わってさえいれば何ら気後れすることはないのだと。

世界一を決めるトップアスリートたちの戦いの空気を、長野から単身やってきてしっかりと伝えられるのだ。その達成感と充実感はそれ以降の自分の仕事において大きな自信を与えてくれた。

　とは言いながらも約3年後、「トリノ五輪の取材にまた行ってみるか？」と取材申請の頃に打診をされたが、「結構です」と即答した自分がいた。

　確かに自分のステージを上げてくれた忘れがたい仕事だったものの抜けきれない疲労感を補うには3年の時では不十分と感じた。しかし、いざトリノ五輪が始まると「やはり行かしてもらえば良かったか…」とも思ったが時既に遅し。

　貴重な五輪取材の機会は自分の心身に大きな影響を与えたが、つくづく何大会も連続して出場を目指すアスリートの心身のたくましさに驚嘆した。

　自信と視野に大きな変化をもたらした五輪。

　確かに参加することに大きな意義があった。

3　転機予報

晴れのち雨「はい、それまでよ」

長く仕事をしていれば、さまざまな経験を重ねる。

もちろんすべてうまくいくはずもなく、苦い経験もある。テレビ番組『みどりのたより』が自分にとって方向性を決めたプラスの経験である一方、大きなマイナスの経験も当然ある。それがかつて放送していた毎週平日のテレビ、夕方ワイド『ほっとスタジオＳＢＣ』。

覚えている方はかなりのローカル局通である。今は全国で各局がしのぎを削る午後・夕方のローカルのワイド情報番組ゾーン。そこに信越放送でも先駆的に番組を立ち上げ、すでに数年が経過し定着していた。その状況でメインＭＣを担当することになった。

だいたい番組というものは、若手が番組内のコーナーの中継やリポート取材を担当しながら実践を重ね、やがてメインになるという流れで移行成長していくもの。私も何年かのコーナー担当を経験したあと、長野五輪が終わった１９９８年春からメインＭＣに就くことになったのだが、放送の時間帯も変われば視聴者も変わる、番組が変われば中身も変わる。番組内容は私が担当するのだから、難しいことなどできるはずもなくバラエティー色の強い柔らかいものになったのだが…。視聴習慣やらライフスタイルの変化などさまざまな理由はあるはずだが、なかなか結果を出すというものは難しいもの。結論から言うと目に見えるほどの視聴率・反響が顕著に表れなかったのである。厳しいものである。

そしてわずか1年後には私は番組MCを交代することになった。

1998年の長野五輪の年に始まり、わずか1年で退場。表彰台はおろかジャンプで言えばスタート台に座ろうとして転げ落ちたようなものか…。

自分にとっては大きな衝撃であった。

番組とは1年でも代えられることもあるのだ。

それまでどこか勢いに任せて進んでいた道で突如落とし穴にはまったような感覚。たった1年でMC交代の憂き目にあった者を見る周囲の視線。気遣いを含んだまわりの空気は何とも居心地が悪く、同情や憐憫《れんびん》の目線や声かけはさすがにめいるものだった。

敗北感と屈辱感。一敗地にまみれる。

こうした感情をそのままにしておくから、人は日に日にくすみ、劣等感にまみれていくのだろう。

このままじゃ終わらない、絶対に見返してやる。心に決めていた。高く飛ぶには深く沈まなければならない。ＭＣ交代・周囲の空気。この負の環境を反発力へ変えてやる！　開き直った者にはまた違った力が宿るものである。

失敗は失敗のままで終わらせるから失敗。屈辱は屈辱のままで終わらせるから屈辱となり卑屈になる。それから学び、反発力に変えればまた新たな自分に出会えるはず。

文句をつけようがない結果を出せばまた違っていたはず。結果を出せなかった事実を嘆いても終わったこと。ならば誰もが納得する結果を出せばいいだけのことではないか。己に向き合わず言い訳を探している暇があったら、隙《すき》を与えぬ結果を求めるために一歩を踏み出したほうがまた前を向ける。

変われる自分をイメージすると物事はずいぶん違った見え方になるものだ。

過度にも思えた周囲の負の空気が、自分を変えるきっかけになる。災い転じて福となすか。あとになって思い返せば、このＭＣ交代が自分に足りなかった力や視点を与えるターニングポイントになったのだから皮肉なものである。

それは反発力・反骨心。

それまで自覚できなかったこうした力をしっかりと育んでくれた。悪いことも悪いことだけでなく、いいことも隠れているものなのだ。それを見つけられて良かったじゃないか。

〝臥薪嘗胆《がしんしょうたん》〟

染み入る言葉である。

雨のち晴れの『職人誕生』

仕事でのポストとは大きな流れの中で上から下へ引き継がれていくもの。しかしそれは決して当たり前ではないと痛感したことで、改めて自分の甘さに気づかされた。

アナウンサーはなぜその表現場所を与えられるか。

その人間が表現することで、多くの人に見て、聞いてもらえる。それにより、多くの方の支持を得てスポンサーの支援にもつながる。

その人間がなにをどう表現するか？　そのことにこそ価値がある。受け手の支持・営業的な支持、ともに数字に大きな貢献を果たせるからこそしゃべる場が与えられるのであり、それが果たせない者にはその場所など与えられるべきではない。部活、サークル活動ではないのだから。よって、いかにそれに結び付く表現をするか常に考え、具現化することがミッションである。仕事は与えられるものだと思ったら大間違い。そこには仕事とは自分でつかみ取るものだという意識がなければ自らを磨けない。

健全な競争と途切れることなき適度な刺激。

現場からの「誰かアナウンサーお願い」というオーダーは、つまり男女問わずアナウンサーなら誰でも良いのである。

また「誰か男性アナウンサーお願い」ならば、男性であれば誰でも良いのだ。

つまり、誰でも代わりが効く仕事。

求められるのはそれではない。

「○○アナウンサーお願い。他の人なら結構！」

自分にしかできない仕事。名指しでオーダーされる仕事。その発注を受けて初めて自らの存在価値が生まれ、差別化が図られる。

価値のある仕事、価値を生む仕事。そのためにはなにをどうすれば良いのか。

支えにしてきた「お前の色を出せば良い。自分らしく伸び伸びやれば良い」という言葉。では改めてその自分らしくってなんだ？　自分の色の構成要素とはなんだ？　それらはどうすれば輝くのか？

屈辱にまみれたＭＣ交代劇は、恥ずかしながらアラサーの自分に原点回帰をもたらし、自らにとって大きな意識変化の契機となった。

たとえ強烈なパンチを食らおうが、ファイティングポーズを取れさえすればまた戦える。

MCクビ！

平たく言えばこのターニングポイントは、しゃべり手として〝職人〟としてありたいという覚悟が芽生えた瞬間であった。

ラジオの王様

不本意な思いを取り払うには自分の力ではいあがるしかない。

そんな時に大きな光を与えてくれたのが、ラジオの番組だった。

『ラジオの王様』

信州のラジオファンなら忘れるはずがないであろうレジェンドパーソナリティー菊地恵子さん。しゃべりの現場から少しの期間離れていた彼女が久々に土曜日のワイド番組のメインを担当することになった。そして、そのパートナーに私を指名してくれた。

あとで本人から聞いた話だが、彼女自身がMCを打診された時、引き受ける条件としてこう伝えたと言う。

「私（菊地恵子）が引き受けるなら相手は坂ちゃんしか考えられない。それがＯＫならその番組を喜んでやります」

私のテレビの降板劇を知っている彼女が、自分をしっかり見ていてくれた。そして彼女自身もまた輝く場とするためにその相手として私を指名してくれた。このラブコールには大げさに言えば魂が震えた。苦境の自分に大きなチャンスを与えてくれ、救ってくれた。その期待に目いっぱい応えたいと思わない者がいるであろうか。巻き返しを期し、自らの存在価値を示すためにその場で力を発揮してやろう。

この仕事で、しっかりと結果を出してやる。自分の反骨心はどれほどのものか。その反発力を自分で知り、その過程すら楽しんでやるのだ。

チャンスを与えてくれたスタッフ、何よりも自分を相手として指名してくれた恵子さんへの恩返しをしなくては！

これをリスタートの第一歩とする。

こうして１９９９年４月、その後９年にも及ぶ番組のスタート地点に立つことになったのである。

さて、ラジオの土曜午後の生ワイド枠というのは、しゃべり手にとっては一番華やかな場所。そこにまた戻れたというのは何よりもモチベーションにつながった。

菊地恵子さんという大きな存在に甘えながら目いっぱい、遊ばせてもらいつつ、そこでの時間はラジオならではの双方向性の楽しい感覚を取り戻すには十分過ぎるものであった。毎週1回の放送ながら多くのリスナーに支持をいただき、やがてスタジオを飛び出し県内各地にサテライトスタジオを設けてお邪魔もするようになり、それにより大勢の方に現場でじかに触れ合うことができた。

自分たちのメッセージを直接みんなに届けられる喜びや目の前で広がる笑顔の反応。しゃべり手としてのやりがいやローカル局としてのあるべき姿など、自分の存在意義と受け手との関係性について多くを考えさせられた。中身の濃い時間は自信をもたらし、気がつけばしっかりと前を向ける自分がいた。

9年の番組期間は、へこんだ自分が再び立ち上がり、自らを見つめ直し推進力を得るには十分な年月となった。

それもこれも恵子さんからの指名がすべての始まり。

長く続けられた要因は多くの方からいただいた支持。恵子さんとのコンビとしての評価。捨てる神あれば拾う神あり。私にとってリベンジのチャンスをくれた恵子さんはまさに女神だった。

そしてまたベテランとしての信頼感にあふれ女性としての優雅さやしなやかさを見せた彼女は、そのキャリアの中でもまた違った層の支持者を引き付け、輝きを放ったのは間違いない。彼女の人気の再爆発が自分のことのようにうれしかった。毎週目の前で楽しそうに大笑いしてくれる恵子さん。サテライトスタジオで大勢のリスナーに囲まれ笑顔で対応する恵子さん。それを見るのをリスナー以上に楽しみにしている自分がいた。

番組の最後のほうはスタジオを離れサテライトスタジオからの放送が増え、本来のスタイルとやや離れたこともあり、区切りを迎えることになった。しかし、この長期間でかつて味わった敗北感はどこかへと遠のき、違う舞台での仕事の意義を十分に感じ、気づいてみればしっかりリング上でステップを踏みパンチを出している自分がいたのである。

ラジオの王様、さまざまであった。

4『ずくだせえぶりでい』誕生

夜明け前

『ラジオの王様』を終了した当時、私の社内での所属はアナウンス部の籍を離れてラジオ制作部にあった。

土曜日のワイド以外は朝の番組のディレクターなどを担当し、表舞台だけでなく裏の業務も行っていた。紆余曲折《うよきよくせつ》はあったものの、入社時の希望だったラジオディレクターにたどり着いたことになる。ゲストのアポイントから台本書き、その他に自分でゲストとのコーナー録音をして素材提供もする。やりたい企画を上げては、自分で段取りをつけ一つの番組に仕上げる。一人で立ち回れる身軽さと充実感は心地良いものだった。この際に培われた人脈などは大きな財産となり、楽しみながら視野と経験を広げられる時間は実に有意義だった。

しかし、そんな中でラジオの午前ワイド番組の改革という話が持ち上がる。改革というからには小手先でない大胆な変化を印象付けなければならない。

そこで一つの案が上がる。月～金4時間のベルト枠でしゃべり手は固定。それをウリにするというものだった。

「ウリにする！」は良いが、ちょっと待ってくれ、冷静に。毎日4時間をベルトで固定?!

そんな勝負をして良いものか？

そんな大胆な意見はこれまでもなかったはず。まあだからこそ改革なのだろうが…。

実際にワイド番組のイメージは、平日5曜日を二人のメインパーソナリティーで3曜日と2曜日に分けて担当するというのがそれまでの定番。リスクマネジメントとしてもどちらかがうまく機能しなくてもどちらかでフォロー可能という考えがあった。それを一人が5曜日担当となると、もうこれはイチかバチか。うまくいけばそれはそれで大勝負に完勝とはなるだろうが、外れた時には目も当てられない大火事になる。

その覚悟があるのか。何という大胆な賭けであろうか。

考えてみても、毎日4時間という長丁場。

しかも映像などで逃げるということが許されない言葉だけのラジオというメディア。それも生放送。普通に考えてもタフなミッションというのは容易に想像できる。喜び勇んで名乗りを上げる番組でないことは誰が考えても確かである。

いったい誰が…。火中の栗ではないが、自ら進んでというにはかなりの危険度。その出来によっては今後のキャリアの行方もかなり左右される。

正直、できるだけ話題に触れないようにとは思ったはずである。いや普通であれば尻込みして当然ではなかろうか…。

しかし、ことはそれで逃げ切れるはずもなかったのである。

「メインの担当番組が土曜日の週1回の『ラジオの王様』だけでは十分ではなかっただろう。そもそも充電も終えたであろう今、ディレクターとして裏方に重きを置いている場合ではない、しゃべれるんだから、存分に挑んでみないか」

「挑んでみないか」とはいえ、そこは会社員。打診の段階でその指示はほとんど決定事項。「挑んでみないか」より正しくは、「やるんだよ。頼むよ！」の意味の問いかけだったのである。

もう、逃げられないのか…、やるしかないのか…。それにしてもである。

週5日、毎日4時間の生放送、単純計算でも週20時間の放送枠占拠である。

漠然と大変だと想像はできても、どれだけ大変かの感覚は捉えづらかったのも事実である。

なぜなら前例がないのだから…。その雑ぱく感が現実感をいっそう遠ざけたのであろうか。

やるしかないんだろうけどやれるものなのか？　意外にやったらできちゃうなんてことにも

なるのか？

ここで一つ学んだ。

想像が理解を超えると人は判断力を失う。

「よしっ、やってやる。目玉番組としてブレークするぞ！」などという鼻息の荒さなどは皆無だった。

やる前から意欲満々なのは、ガス欠につながる不安を無意識に感じていたのかもしれない。

ダイエットに成功し、40代のおっさん世代に備えて体力強化を図っていた。そして五輪単独取材を乗り切ったことなど体力面の裏付けがあったことも指名要素の一つになったのは確かにあるだろう。

それにしてもである。その大勝負の断を下せた当時の責任者には恐れ入る。仮に自分がその立場であればその決断を下せただろうか。

100か0か、そんな勝負に打って出た挑戦者魂に頭が下がる。決して〝やけっぱち〟ではなかったことを信じたい。

かくして『ずくだせえぶりでぃ』の種がまかれたのである。

ずくだせ胎動～

一つの歌が出来上がる時、タイトルから決めるということはまずなかろう。曲が先か？詞が先か？どちらかが先手の手法は存在しても、タイトルからというのはなかなか考えられない。それと同様に番組とてタイトルからは決めないのが当たり前。番組方針コンセプトがあって、それを具現化するコーナー展開、時間配分などを決めていくわけである。

とにかく今までにない枠切りをした編成。どうせやるなら斬新さや意外性というものを色にしなければと、集められたスタッフで検討が始まる。

決まるまでは尻込み感があったのに、いざ決まったら「どうせやるなら」と、まあ見事な変わりようである。腹が決まるとはこういうことか。

今当時の様子を無責任に眺められるとすれば「なんだ、やる気十分だなあ、おえっ！」の一言もかけるであろう。

当然、人に笑って楽しんでもらいたいということしか考えられない人間がやるのだから難しいことなどできるはずはない。「バカバカしい」「くだらない」をコンセプトに肩肘張らない気楽に聞けることを中心に据える。そして、毎日となれば日々の生活にいかになじんで溶け込めるかがカギ。皆さんの暮らしの息遣いが感じられることをやれないかと。

そしてそれらを網羅できるものは？

それこそがラジオの強さである双方向の聴取者参加とローカル局の存在意義の共存。地元の皆さんがどんどんラジオに出て、一般の人が自分で話すことにより地域の温もりと身近さを感じていただける。それにより受け手が聞き手にもなり送り手にもなれる、そんな楽しさまでも味わえれば理想ではないか。

しかし、何よりも問題はそれをどうするかである。

リスナー参加はクイズなどでは対応可能だが、ではそれが目新しいか？　いやそうではない、弱い。リスナー同士をからませる？　それとて対戦形式のようなものは既視感が強い。どうする？

「リスナーに好きにしゃべってもらいましょう、それもそれなりに長く」

担当ディレクターの発案。この男がまたひょうひょうとしている。

「電話かけてもらって。つないで坂橋さんが話を転がしていってくださいよ。そうすれば時間も結構いっちゃいますよ」

まあ何ともアバウトな発案。

「『電話をかけてもらって…』って簡単に言うけど、そもそもそんなに電話をかけてきてくれるか？ 引っ込み思案の多い長野県民が自分から電話してきて、その上さらに15分くらい話をするって言うのか？ 厳しいだろう」

あまりにも突拍子のない案に、まずは疑いから入る。

「大丈夫ですよ。何とかなりますって」

「何とかなる？ ならなかったらどうするんだ？」

「こんなの今までなかったですよ。一般の人がそれだけしゃべればインパクトありますよ。良いじゃないですか、やってみましょうよ」

しゃべり手の不安をよそにおもしろがる気楽さで話が進んでいく。

「まあ、とにかくやってみましょうよ。意外にみんな電話をかけてきてくれるかもしれませんよ。オッケー、オッケー！」

何とも信じがたいが本当にこんな感じだったのである。

しかし、物事はやってみなければわからないものである。

なんでもいいからというのはあまりにも大ざっぱ過ぎるのでテーマを設けはする。そのテーマでばらつきはあるものの、結果的に一般リスナーが毎日約15分話をするという、あの『あなたと話そうピ・ポ・パ』が今では番組のメインコーナーになっているのだから…。

本当にここまでを予見できていたかどうかは定かではないが、ディレクターの策が結果としてはまったわけである。

案ずるより産むがやすし。

結果が出て振り返る時には説得力を持つが、実行前には決して安易に信じきれない言葉である。

自分と同じ立場のリスナーがラジオでしゃべっている。この距離感と気楽さ。ただし大きな手応えを感じるのはこの時点ではまだまだ先の話であった。

話は企画段階に戻る。

双方向・参加性・地域色に適度な情報性。これらを踏まえての番組制作というコンセプトが固まりコーナーの展開も見えたところで、いよいよタイトル決めとなって仕上げの段階に移った。

「毎日のレギュラーだから、これでどうだという力の入り過ぎるものは疲れるよな。なんか適度に脱力感があって、ローカルローカルな感じが良いか？」

「地域性が感じられて、ゆるいのがいいのかな？」

「温かい感じで、ローカルっぽいって…、方言だろ？」

「うーん、方言ねえ。じゃあ日常よく使う感じのがしっくりくる」

「よく聞いてもらうって意味で『までにやって』なんてどう？」

「までってどういう意味？」

「残さずとか余すことなくとかって意味だけど」

「へー、そうなんだ。知らなかった」

「じゃあ『ちょっとやらず』なんてのはどう？」

「やらず…。あんまり言わないな。それこの辺でもよく言う？」

そうなのだ。幸いにもスタッフそれぞれが違う地域の出身。方言とはいえわかるものとそうでないもの、出身地域によって異なるのである。

方言タイトルの方向性は良いが全県でわからないと…。そう、全県で。もうこの言葉しかなかったのである。

『ずく』

長野県人のアイデンティティー。「ずく」ならみんなわかるのは間違いない。またわかるからこそ長野県人なのだ。

これを使わない手はない。

「もうじゃあ〝ずく〟だろう！」

「そうね。でも〝ずく〟だけじゃタイトルにならないからね」

「〝ずく〟はOKだから、それプラスなにかだな」

「毎日やるのはずくがいるし。送り手もずく出してやらなきゃいけない」

「聞き手にもずく出して聴いてもらいたいし」

「信州人、なにをやるにもやっぱりずくを惜しんじゃいけないよな。毎日ずく出そうってことだな」

「月〜金まで毎日…エブリデイだよな。ずくだせエブリデイってのはどう？」

「ずくだせエブリデイ…」

「ただし、エブリデイは平仮名のほうが抜け感があって良いんじゃない？」

「ずく…、ずくだせ。えぶりでい。ずくだせえぶりでい…、信州人ならみんなわかるよな。これに決まりか？」

ざっくりではあるが、これが12年にもわたり続くことになった『ずくだせえぶりでい』、そのタイトル決定のプロセスである。

この決定に際し思う。やはり物事すべてにおいてさまざまな背景や過程を経ての理由があると思っているが、この番組スタートが12年前で、私が42歳の時である。間違いなく、20代なら外国語の少しカッコつけたタイトルを欲したはず。また30代でもどこかおしゃれ感を欲しがったはずである。40代に入り、「おっさん」の入り口の地点で巡り合ったからこそ、このタイトルを自ら望み、なじめたのは間違いない。タイトル・番組ともに出合うタイミングが合ったからこそとその時機に感謝である。

〝機は熟した〟〝Time has come〟そうしたタイミングはきっとあるのだと。

かくして『ずくだせえぶりでい』という番組が世に出ることになったのである。

あれから12年…、早いものである。聞いていただけるリスナーが日々待っていてくれること。そして当初から変わらず支えてくれるディレクターはじめ多くのスタッフがいることに感謝しかない。

しかし、いろいろあった12年、振り返ればあっという間であるが、実に濃い時間を過ごしてきている。

民放なのにＮＨＫ？

『亀淵昭信のにっぽん全国ラジオめぐり』というラジオ番組があった。亀淵昭信さんは、ラジオ好きなら知らぬ人はいないであろう。元ニッポン放送パーソナリティーでフリーアナウンサー、音楽評論家など多彩な肩書を持つ。その亀淵さんがＮＨＫで2年間担当した番組が『にっぽん全国ラジオめぐり』。日本全国の放送局から地域ならではの番組やパーソナリティーを毎週全国に紹介するというもの。

その中で『ずくだせえぶりでい』を紹介してくださるということで２０１１年春にＳＢＣを訪問。そしてその紹介から約2年後。番組の最終回のスペシャルに全国から四人選ばれたうちの一人としてＮＨＫでの公開収録に呼ばれることとなった。

何とも不思議な状況、民放の地方局のアナウンサーが渋谷のＮＨＫで堂々と紹介され、しゃべれる。番組の特色やリスナーとの関係性などのエピソード披露などで掛け合いをしたが、番組でおなじみの「ラジオは農具の一つです」の話題は大きな関心を得た。自分の持ち番組を支えてくれる皆さんが一緒に褒められたようで妙なうれしさを覚えたが、ＡＭ・ＦＭ・民放・ＮＨＫを超えてラジオ好きが共有したその空間はとても居心地の良いものだった。

そして、この時もまた感じたことがある。それはキー局だろうとローカル局だろうと、愚直にやり続けていればしっかりと聞いてくれている人は必ずいる。そしていずれかの形でそうした人の耳に必ずや届くものだと。

問題はどこで放送しているかではない。なにをどんな思いでやっているかということなのだ。そこさえぶれずに受け手に送り続けさえすれば、間違いはないのだと。

自分の立ち位置、やるべきことを外からの視点ではっきりと教えてもらうことになった貴重な経験だった。人の転機となることは狙って出会うわけではない。これもまた偶然のように見える必然だったのかとあとに思う。

そしてしみじみ思った。

受信料を払っておいて良かった…と。

5 菊地恵子さんのこと

2016年12月24日

この日がまさかそんな日になろうとは、その時はまったく考えもしなかった。それはそうであろう、目の前の大切な人とそれが最後のオンエアになろうとは、何の予感もない中で誰がいったい想像などするだろうか。

信州のラジオファンなら知らない人はいない絶大な人気を誇っていた女性。レジェンドパーソナリティー、菊地恵子さん。過去形として紹介しなければならないのがつらく切なく、そして悔しい。

この日の放送を最後に、翌年3月には帰らぬ人となってしまった。最後のオンエアからわずか約2か月半後のことである。あまりにも突然のことでその死が信じられず、事実今もって信じられない。

とにかく私にとっては二度と出会うことのない最高の番組パートナー。なんでも受け止めてくれ、頼れ、おおらかな心で優しく見守ってくれる大きな、大きな人だった。

菊地恵子。

その名前は私が入社した当時には、もうしっかりとステータスとなっていた。当時は今と違って娯楽が乏しい時代。その中でラジオ人気というのはそれなりに高く、その状況で看板番組を担当していた。華やかさをまとった空気感に、当初はずいぶんと気圧《けお》されたものだった。

あくまでも「当初は」である。「これがあの菊地恵子か…」というリスナー感覚がさすがに最初はあり、仕事場においても年上年下にかかわらず、「恵子」「恵子ちゃん」「恵子さん」と呼ばれるその様子は、彼女のみんなに好かれる人柄をよく表していた。

そんな彼女と番組で関わったのが私にとって初めての土曜日の生ワイド。ただしこの時はリポーターの立場であり、スタジオを離れ、あちこちの出先からリポートをするもの。ラジオの華の枠に出られるうれしさの中で、スタジオでメインを務めていた二人の先輩パーソナリティーのおおらかさのおかげで伸び伸びとやらせてもらうことができた。

男性メインアナウンサーの遊び心いっぱいの突っ込みにも自由に暴れる私のフォローをとても穏やかにさりげなくしてくれる。若者かバカ者かわからぬ勢いを、その包み込むような対応で毎週受け止めてくれる。それはまるで上質なクッション材のようだった。

この人と毎週放送でコンビを組める先輩をうらやましく思い、そのポストに憧れを持ち、見つめていた。その時点でコンビを組める力がない自覚はしっかりとあったゆえ、確かに憧れでしかなく、いつかコンビを組むなどというイメージすら抱かなかった。

しかし、その時感じていた包容力などはまだほんのごく一部でしかなかったとあとから知ることになる。

『わいわいワイド ラジオの王様』

番組名に自分たちで王様と名乗ってしまうのだから不遜《ふそん》なものだが、私は菊地恵子さんとコンビを組んだこの番組で本当のラジオの楽しさを見いだすことになる。

当初はともに初めてのコンビ、久々の生ワイドということもありお互いに手探り感があった。しかし、今考えてもそれがいつからかはわからないが、いつの頃からか私が言いたいことを言い、それを恵子さんが穏やかに受け止め、時にはたしなめ、いさめ、導いてくれる。そんな構図が出来上ががった。スケールの大きな相手に毒づきそれを軽くいなされ、そのやり取りが放送ながらも楽しくて仕方がない。送り手の立場ながらリスナー以上に楽しんでいる自分がいた。まるで茶の間で、みんなの前でそのやり取りを見て、聞いてもらっている。毎週仕事にいくというより恵子さんとの時間を楽しみに行くような感覚。

そして、くだらないバカバカしいことを言うたびに大きな声で笑うその豪快さとはじけんばかりの笑顔に誰よりも癒やされていたのが私自身であった。

ラジオパーソナリティーの人気要素で不可欠なものの一つに笑い声というのがあると思う。正しくは笑い方のほうがしっくりくるかもしれない。おしとやかに笑っている者にはどこか距離を感じるが、豪快に笑えるしゃべり手には裸になっているという安心感と飾らぬ気さくさを感じるもの。聞いていて親近感を覚えるパーソナリティーにはまず漏れなく当てはまると考える。

あの豪快な笑い。

「恵子さんの笑い方が良いんだよね。聞いていて気持ちが良い」「あの人の笑い声、聞いているとスカッとするのよ」「あんだけ豪快に笑ってくれると、まあこっちまで明るくなれる」こうした声を何度も耳にし、うれしそうに語るリスナーにどれだけ会ったことか…。

笑わせることでお金を取れるプロはいるが、笑うことでお金を取れるのは恵子さんぐらいではなかろうか。

あの声を一番近くで聞ける、あの笑い顔を目の前で見られる幸せ。それを聞きたい、見たいが何よりも毎週のモチベーションにつながった。そして頻繁にサテライトスタジオとして外からの中継があったことが恵子さんの人気を絶対的な地位へと高めたのではないか。

ラジオでは私に散々いじられ、それでいてしなやかに笑顔で対応する恵子さん。いったいこの人はどんな人なんだろうと、実際にその目で確かめたいという人が数多く現場に足を運んでくれた。

そこで目にした菊地恵子さんはやはり想像よりずっと違うすてきな女性と映ったのであろう。

実際に「もう、やだ（笑）。恵子さん、きれいじゃない」と言ってにこやかに話すリスナーがサテライトスタジオを訪れる。

私が番組内で彼女を散々にいじるゆえ、どんなに高齢で、どんなにからかわれるほどの容姿なのかとそれぞれに想像し頭に描いてくる。しかし目の前にいる恵子さんは明るくかわいらしく、その差に驚くのである。

ラジオの楽しみの一つでもあるが、想像力を働かせ自分なりのイメージをもてあそび、時にはもてあそばれる。

想像する人の数だけパーソナリティー像が作られる。

きっとちょっと残念な姿をみな勝手にイメージしたのであろう。実際の恵子さんは、年齢を重ねていてもきれいにしていて、華やかさを感じさせた。それゆえそのギャップを遊べたのである。

きっと多くのリスナーの方は感じていたはずである。それなりの年齢を生きてくれば、結婚、子育て、嫁姑《よめしゅうとめ》などなど、生きていく上であらゆる苦労、ストレスを感じながら日々の暮らしがある。

周囲にはわからない部分ももちろんあったであろうが、恵子さんはそんな俗世間の厄介なことを感じさせない。いつもどこか華やかさや軽やかさを感じさせる恵子さんに憧れのようなものが、特に同世代のおばちゃんたちにはあったのではなかろうか。

近くにいたわれわれでさえも、いつまでもキラキラしていた雰囲気には『華』を感じていた。

あの人はいつまでも少女だった。

永遠の少女。

恵子さんへの熱い支持は、『ラジオの王様』終了後も変わらず引き継がれる。『ずくだせえぶりでい』でも、もちろんパーソナリティーとして加わってもらうことになる。

ラジオの王様で救いの手を差し伸べてもらい、さらにまたもう一段上へと引き上げてもらった。今度は恵子さんに『ずくだせえぶりでい』で楽しんでもらおう。目の前で恵子さんが放送を楽しんでいる姿を見られることは、リスナーにも喜んでもらえるはず。この人を笑わせる放送をするのがみんなの笑顔にもなるはず、そして何よりも自分のやりがいになる。

本当にあの人の笑顔には、周囲に幸せをもたらす底知れぬ力があった。スタジオ放送ではみんなに笑顔を届け、サテライトスタジオでは笑顔で応対し、みんなの心をほぐし続けた。

そんな恵子さんが苦しむ姿などまったくイメージできなかった。

『ずくだせえぶりでい』10年の節目を迎える途中、恵子さんが体調を崩した時があった。その後元気に戻ってきてくれた恵子さんは以前と同じように明るく華やかな雰囲気。放送上でも何も変わらぬ様子にみんなが安堵《あんど》し、見事復活してくれたその姿にまたそれまで以上に違ったオーラを感じたのではなかったか。

実際にその復活劇に勇気をもらい、「私もつらいことがありますが、負けずに頑張ろうと思います」といった類いのメッセージはたくさん届いた。

この復帰までの間、つくづく恵子さんの存在の特別感に驚き感心させられたことがある。

普通、番組担当者が少しの期間でも休むということになると「早く戻って来てほしい」という、一刻も早い復帰を願うメッセージが多数を占めるのだが、恵子さんの場合はまったく違ったのである。

「とにかくしっかり治してください」「ゆっくり休んで、しっかりコンディションを整えて戻ってきてください」「無理しないでくださいね」といった、その体調を気遣うメッセージばかりであった。

自分の楽しみのためでなく、恵子さんのことを思うみんなの思いがそこにはあふれていたのである。

こんなケースは初めてであり、恐らく彼女でしかあり得ない現象であろう。リスナーがこれほどまでに気遣ってくれるパーソナリティーとはなんて幸せで偉大なことか。

彼女があたかもリスナー家族の一人という感覚であったのであろう。こんなに思ってもらえる、気遣ってもらえるその特別な存在。そのような関係性は彼女以外あり得ない。自らのキャリアで築き上げたその存在感は今後誰一人として近づくことはできないものである。

番組が続く中で担当する曜日も当初の週3日から2日、そして体調面を考え毎週金曜日の1日にまで減っていった。ただ週1回になったことで逆に特別感も芽生え、待ちに待ったという金曜日の高揚感をもたらす中での放送を続けていた。

そして、２０１６年の最後の放送は12月24日の金曜日。

1年を恵子さんで締めくくるんだ。そんな思いだったかもしれない。

しかし、それから約2か月半後、まさか恵子さんに二度と会えなくなるなんて…。ただただ信じられなく、頭が混乱するばかりだった。

あんなにいつも周囲を明るくする太陽のような輝きを放つ人がいなくなるなんて。

恵子さんが亡くなった？

亡くなるってどういうこと？

えっ、だってまた帰ってくるって話だったでしょう？ もう会えないってこと？ ちょっと待って。会えないってどういうこと？

もうなにがなんだかわからず、とても現実のこととして受け入れられる思考力も判断力も欠いていた。

恵子さんの担当が週1回になっていたので、会う頻度が減っていたことが、会っていないことと会えないことの理解を妨《さまた》げ、もう混乱の日々だった。ただ、頭と気持ちの整理が少しもできない中でも放送は日々ある。

恵子さんがもういない…。そのことを告げるにも時間が必要とされ、つらく悲しい時間が続いた。大切な、大切な人の急逝を番組で告げる。そんな残酷で悲痛なことがまさか起ころうとは…。

そんな悲しい機会はもう二度とないはずであり、あってはならない。

きっと告げられたリスナーも信じられぬ思いでいっぱいだったであろう。そして、悲しく切ない気持ちがその心を覆ったと思う。

あれから2年以上が過ぎた。いまだに喪失感は埋まらない。当たり前だ、埋まるはずなどない。

常に明るく華麗で、周囲を幸せにしてくれた。

あの人に見守られ、自由奔放にしゃべらせてもらえた。

自分が遊んでいるようで結局は遊ばされている。

これ以上ないパートナーとしての顔はもちろんだが、時には保護者、時には友人、そして時には同志のようにその手のひらの上で見事にもてあそんでもらった。

「あなたは、ずっと〝やんちゃ〟でいいの」。そう言い続けてくれ、それに甘えてやんちゃでいさせ続けてくれた。

失意にあった自分を救ってもらい、一緒に歩んでくれたなによりの恩人にしっかりと恩返しもできていなかったのに…。やりたいこともまだまだあったはず。楽しみにしていたこともあったはず。悔しく、つらく、切ないであろう。

気さくで豪快な笑い、それでいて少女のような魅力を持ち合わせた人だった。その魅力を周囲に本能的に感じさせる稀な存在。

あんな魅力あふれる人には二度と出会うことはない。そして何よりも残念なのはその人にもう二度と会えないことである。

恵子さん…。

あなたに出会えたこと、そして仕事を通じあなたと多くの時間を共有できたこと。

私にとって、あなたはいつまでも大きな大きな宝物です。

本当に、本当にありがとうございました。

6 そしてフリーへの決断

序章

いつ、どこで、どうなるか、自分の人生とはまったくわからないものである。それゆえおもしろいのかもしれないが、わからないからこそ、もがき、笑い、苦しみ、学び、成長し、知らない自分に出会おうとするのだろう。

結果がわかっている未来など楽しくもない。わかり得ぬゴールにどうやってたどり着くか。それこそが一瞬一秒を刻む意味なのかと考える。

それぞれ歩む道には、突如現れる障害物、舗装された道路が続くと思えば砂利《じゃり》道を行くことになり、そうかと思えば広々としたハイウエーに乗った途端に、欠陥工事による陥没地点もあればのどかな農道にもぶつかる。進むペースも人それぞれ、選ぶ道もさまざま。みんな違うからこそ社会が色を持つ。

とはいえ、その道は正しいかどうかわからずとも前に進むには選ばなければならない。

予期せぬタイミング、予期せぬ物事。しかし、すべてはあらかじめ決まっているのだろうか、本人が知らぬだけで…。

『ずくだせえぶりでい』はいまだに続いているが、その年月は番組開始から12年。もちろんこの間、コーナー企画、放送時間枠、パートナーなど番組自体にも多くの変化はあったが、自分自身も変化がなかったわけではない。

期間途中、ラジオ制作部から再びアナウンス部への異動も経たあと、その部を管理することになった。部署が変わろうとも表現するということは基本的に同じであり戸惑いはなかったものの管理業務というとまた別物。

そして、当然『ずくだせえぶりでい』の月〜金曜日の担当は変わらないのが前提で、それに加えて管理業務も行うという立場。つまりプレイングマネジャーというポジションを任されることになったわけである。

大変光栄な評価をいただきありがたいことではあった。しかし、いかんせん連日4時間のオンエアのあとに管理業務が控える状況。前任者が見事なまでに業務を完遂していたのを見ていただけに、気後れや不安が日々混在し、それも膨らみながらも当然生放送はしっかりある状況。

プレイングマネジャーと耳なじみのいい言葉も、いざ渦中の人間にはいっぱいいっぱい。

もちろん担当番組以外でも「代打おれ」もありで、デスク業務にも向かう日々。元来落ち着きがあるタイプでもなく、そんな男が椅子に座りっぱなしというのが自分で信じられない。

オンエア後に待っているのは、部員の業務・休日管理に指導・育成、さまざまな会議…。優秀なサラリーマンであれば汗もかかずに片づけられるだろうが、そこは自らの能力の容量は知っている。一日一日ボディーブローのように自分に効いていく自覚はある。

気持ちも晴れ晴れしない上に、何せ毎日のメインの仕事がラジオ番組のオンエア。これがまた明るく元気なことが取りえの番組。そもそも聞き手にとっては、しゃべり手の環境などまったく関係のない話。楽しい番組を聞きたくて選局しているわけだから、そんな背景など無関係と言えばそれまでのこと。

放送はとことん陽気に、終われば寡黙《かもく》に管理業務。このコントラストにめいっていく自分に気づいていく。

まあありがたいことだが、常に明るく元気でというイメージを持っていただく中で、「良いね、悩みがなさそうで」の多くの声かけ。

しかし、悩みが一つもない人間などいるはずもなく、その言葉に何度やるせない思いを抱いたことか。言葉を発する側にとっては何もわからぬゆえ仕方ないことではあるが…。

抱えるギャップのしこりは決して消えることはなく毎日を迎える。前任者も含め的確に管理職業務を遂行できる同僚を眺めながらも、今のままで本当に良いのか？　それで自分の色を出せるのか？　自分はなにをすべきなのか？　これは自分のあるべき姿なのか？

管理タスクを実践できる人は大勢いる、自分でなくともはるかに優秀な人材はいる。ずっとこのまま現場と管理、二足のわらじではどちらも中途半端になる、絶対に。

では、自分がやりたいのはなんなのだ？　そしてどうしていきたいのだ？

もんもんとする日々が続き、メンタルのバランスも危うくなっている自分自身にも気づいていた。新たな立場として臨んだ２０１６年は、自己との葛藤《かっとう》に結論も出ぬまま終えることになった。

そして、年が明けても依然としてすっきりしない中、菊地恵子さんの訃報《ふほう》に直面する。大きな、大きな支えを失ったショックはこれ以上なく大きかった、それもあまりにも突然過ぎたから。自分の良い時も悪い時もすべてを見続けて来てくれた人。自分を育て、そしてこれからもずっとそばで笑って優しく見守り続けてくれると信じて疑わなかった人。その人が突然この世から姿を消してしまった。得も言われぬ喪失感は思考を混乱させた。

しかし、どんなに悲しみに打ちひしがれようとも、日々そこにあるオンエアは逃げようのない自分の責務。これほど大事な人を失ったにもかかわらず、それをオープンにできない状況で明るく楽しい放送をみんなが待っている。どうにかなりそうだった。

恵子さんを亡くして混乱が続く同じ月の下旬。今度は父を亡くした。確かに高齢だったが、これもまた突然。今すぐにもなどという気配は皆無だっただけに、驚くばかりだった。同じ月に大きな死が重なったことはやはり大きな意味を持つことになった。

この前年には同級生の友人も病で亡くしている。まだ51歳、やり残したことも山ほどあったはずである。どれだけ悔しかったであろうか。時折外でランニング中に出会い、挨拶《あいさつ》も元気にしていたあの男も病に倒れてしまいこの世を去ってしまう。

自分の状況に関係なく、いかに大事な人とて突如として自分の日常の景色から姿を消してしまう。

立て続けに起きたこうした〝死〟の連続は間違いなく自分に気持ちの変化をもたらした。

本当に人はいつ死を迎えるかわからない。

事実この本を書いている最中にも、また大切な人を失ってしまった。今日は元気でも明日元気でいられる保証などないのだ。突然病に倒れる、事故で命を絶たれる。誰にでも起こり得ることなのだ。

〝死〟というものが途端に色濃く存在感を示し始める。

この先過去を振り返って嘆く自分を想像すると、恐ろしくみすぼらしい。おぞましいとすら思えた。

では今の自分がやれることは、やるべきことはなにか？　なんで今生きているのか？

大切な人の死は、〝今〟というものを考え直す大きなきっかけとなった。〝死〟によってもたらされた〝生〟の意味はとても大きなものであった。自分の人生を決定づけたのだから。

選択「働くより…」

〝今〟を充実させたい。後悔する未来など欲しくない。

では、後悔をしないとは？

「あの時ああしておけば」「あそこでこうしておけば」

やるべき時にやらずに、あとになってやりもしなかった状況がうまくいっていたかのような幻想を抱いて何の意味がある？　物足りない自分の心の穴埋めを、好結果につながったかもわからぬ勝手な思い込みに求めてみたところでみじめではないか。やらなかったことをぼやいて〝死んでいる今〟より、やれることをやる〝生きている今〟を大事にしたい。

ありふれた言葉だが「やらずに後悔よりやった後悔」とはこの境地か…。

やった後悔は失敗から学びさえすれば次へつながる。

やらない後悔は何も生まない。

「お前はみんなの笑顔が見たいんだろ？　そのためにはどんどん人に発信し、触れ合い、その場を求めなくては始まらないだろう？」「デスクワークはお前なんかよりずっとしっかりやる人間はいるんだ。お前はしゃべってこそ意味があるんじゃないのか？　お前はなんでその仕事をしているんだ？ 生きている意味はなんだ？ もう一度よく考えてみろ」

もう一人の自分とやっとしっかり会話ができた気がした。

そうだ。自分はしゃべり手、しゃべってこそ存在している意味がある。デスクより現場。

いまさらながらその原点を確認することになった。

そしてさらに後悔していることがもう一つあった。

実は、亡くなった恵子さんは「早くフリーになりなさい。あなたは自由に伸び伸びやらなきゃダメ」と常々後押ししてくれていた。しかし、言われるたびに「そうは言っても現実的な立場もあるし、簡単には決められないよ」と逃げている自分がいた。

そんなやり取りの中で「いつか二人で講演して巡りたいね」と言う私に、「あなたねえ、いつかっていつよ？ 早くしないと、私、年とっちゃうから」といたずらっぽい笑顔を浮かべた恵子さんが突っ込みを入れる。それに対して私が「もう十分、年とってるから（笑）」と返す。この会話がまるでルーティンのようになっていた。

そう、「いつかっていつ？」

期限などイメージもせずただいたずらに「いつか」と無責任に言っていたツケである。逃げていた自分のせいで二人の夢は永遠にかなわぬものとなってしまったのだ。

まだやりたいこともたくさんあって、生きたくてたまらなかったはずの彼女。やりたかったことの一つに加えてくれていたであろう二人での講演はもう絶対にできない。「いつか」では何も生まれない。限られている時間である。曖昧さをともなう「いつか」ではなく、「いつ」と時期を決め動いていかなければ、何も生まれず成長もできず、きっとこの先も後悔しか残らない。

もうこうした後悔は絶対に味わいたくない。

自分のやりたいこと、やるべきこと。その輪郭がはっきり見えたようで、長いこと抱えていた気持ちの靄《もや》がずいぶんと晴れた気がした。

〝働き方改革〟。いや、自分の〝生き方改革〟だった。

プレイングマネジャーではなく、しゃべり手としてありたい。

生きている意味はみんなに楽しんでもらえる送り手でいてこそ。それを果たさず働いたところで生きている意味などあるのか？

一度きりの人生。もう残された時間のほうが少ないのだ。

いつなにが起こるかわからない。

最後に後悔して死んでいくなんて悲し過ぎる。やりたいこと、できることに〝いつか〟ではなく、常に生きている〝今〟に向き合いたい。今日を大事にしない先に満足できる未来などあるはずはない。

できない自分、やらない自分の言い訳探しをしている時間などもうないのだ。

自分が存在している意味、生きている価値。自分にしかできないことこそが、自分がやりたいことである。

ただ働くことではなく、生きる意味を実感したい。

〝働き方〟より〝生き方〟の選択。

なおさら時間は無駄にできないと感じた。

最強のサポーター

腹は決まった、やりたいこともはっきりした。しかし本当にそれはやれるのか？

会社員を辞めるとは約30年前にはツユほども思わなかったが、いざ辞めると思うと不安も同時に芽生える。今は組織の一員だから番組も担当している。しかし、組織を離れても続けられる保証など何もない。その場合はどうしたら…。

「会社を辞めても番組を担当できますか？」。そんなアホな話はできるはずもない。退職と言ったら最後、すべてなくなることも踏まえての告知と心得ておかなければ。

しかし、仕事がある状況でそれがなくなる状況とは何とも想像しがたいことである。とはいえ危機管理として、全部失いゼロからというのは覚悟しておかなければ。最悪の事態を想定しておかなければリスクマネジメントにならない。

長いキャリアの中でそれなりにネットワークを築けた自負はあるが、それとて会社の存在があったからこそ。それがなくなったら相手にもしてくれないのではないか…。覚悟とは裏腹にどんどん弱気の虫がうごめき出して不安が増す。

やっていけるかな？　やっていけるよな？　根拠のない自問自答が続く日々。

そんな時だった、前に進む勇気を与えてくれた一言を忘れない。それは私の悩む様子を見ていた妻からの言葉だった。

「大丈夫！　私はあなたの頑張る姿をずっと側で見てきてるから！」いつにない強い口調だった。

涙が出るほどうれしく、これ以上頼もしい言葉はなかった。

信じくれている。

まったくの素人だった自分が、成長するにはコツコツ積み重ねる他に術がないのは自分が一番知っていた。その積み重ねを一番近くで見ていたのは妻。その彼女の言葉は本当に説得力を持ち、何より自信を与えてくれた。すべてを見てきてくれた人間が言うんだから自分を信じていいのかな…。

たった一言がでこんなにも力を与えるのか…。

言葉を生業にしている自分が恥ずかしくなるほどの切れ味の鋭い、私の迷いを一刀両断する言葉だった。

そしてもう一言。

辞める決断をしたことを娘に伝えなくてはならなかった。まだ学生だった彼女。動揺を与えてはいけない、不安を抱えて学生生活を送るなどということは親として申し訳ない。ちゃんと説明しなければ…。

わざわざ説明するために帰省をさせるのもどうかと思っていたが、たまたま帰長する機会が訪れた。

どうやって、どこで言うか…。しかしこの機会にしっかり伝えねばならない。

タイミングを計っているうちにいよいよ帰る間際になり、外で食事をすることに。

水が、メニューが次々と運ばれるがなかなか言い出せない。時間はどんどん過ぎ、食事で娘の空腹も満たされた頃、今しかないとようやく口を開いた。

「あの、お父さん会社辞めることにしたから」

まったく予期していなかったであろうこの一言に「えーっ！」と声を発した娘。しかし、驚いたのはその一瞬。

「どうして？」の問いもなく、「へぇー」と続ける娘。

余計な心配をさせたくないので、「大丈夫だから、心配しないでしっかり勉強すればいいから」と言うと娘はたった一言「はい」とだけ言い、あとは一切そのことに関して聞くこともなかった。

大丈夫の一言を受け止め、それ以上聞くこともしなかった娘。

こちらが言った「心配いらない」の一言を信じて疑わない様子は、娘からの信頼を測るには十分だった。

「お父さんなら大丈夫」、そう思ってくれている。

近くにこんな頼もしいサポーターがいるんだ、つくづく家族に支えられこの決断ができたと思った。

娘にしてみたら、「いつもだってそんなに会話はないじゃない」と言うかもしれないが、この短い会話は確かな熱量を持っていた。決断は最後には自分でするものだが、決断までの過程は決して一人だけでするのではない。

人に言って、人に言われて気持ちが固まる。

「にんべん」に「言う」と書いて〝信〟。

信頼されている、信頼できる一番身近な存在にもっとも大事な〝信じる〟ことを教えてもらった。

家族に話し、家族に力をもらい、迷いは消えた。

覚悟が決まるとはこういうことなのかと実感した。

そうです、私は…

多くの会社員は、入社したら最後まで一度も経験せずそのサラリーマン生活を終える。

『退職願』

一度出してしまえばそれまで。決断の過程ともまた違う緊張感をともなう。

会社に伝えることを考えただけで、退職を決めた時以上に胃が痛くなる。ためらっていては無駄に時間が過ぎるだけ。

頭に入れなければならないのは、放送局には採用、決算などとはまた違って改編というものがある。4月と10月は大きく番組のラインアップが変わりやすい一つの節目。それに迷惑をかけてはならないというのは携わってきた者のマナー。春先には気持ちが固まっていたので、あとはいつ伝えるか。

1クール単位で考え、遅くとも約3か月前には伝えねば混乱を招くことになる。逆算すると7月までには伝えねばならない。

期限は決まっている、問題はいつということ。伝える際の緊張感などを考える日々は気を重くしたが、伝えなければ進めない。

自分の意思を正直に的確に伝える。毎日しゃべっているのとは明らかに違う思考回路が必要とされる。

決断に至った背景やビジョンをきちんと話さねばならない。

自分自身の決断をたどり直し、それを言語化する作業は時間を要した。

そして…。

もう今後あのような緊張感は二度と味わうことはないのだろう。何しろお世話になってきた会社に辞めさせてくださいというわけだから。


さて、伝えるべき相手に、手順を踏みしっかりと意思を伝えることになったわけだが、決して嫌になって辞めるわけではないこと。そして、やりたいことを残りの時間の中で実現して後悔をしたくないこと。そうした思いをきちんと話せたかどうか、今でもしっかりとは全部覚えていない。

極度の緊張の中、イメージ通り話せた自信はまったくない。しかしながら、思いだけは伝えられたのではないかと思っている。

最初で最後の退職願。

真剣に本当に真剣に考えたからこそ、あの緊張の空間が生まれた。メールで退職願を出したり、代行サービスに依頼したりするケースもあるという昨今、その軽い感覚は一生私にはわかり得ないだろう。

社長と直接話をさせていただく機会も得たのだが、退職理由や今後やりたいことなどすべてを話す私の言葉を、戸惑いながらも優しく穏やかに聞いていただき受け止めていただいたことには感謝しかない。

その中で笑いながら言っていただいた言葉が本当に的を射ていてありがたく胸に刻まれた。

「お前は結局しゃべりバカなんだよなあ（笑）」

いつまでも現場にこだわり、受け手との触れ合いを喜びとする、その身上を見事に言い表していただいた。

そうだ、おれは、しゃべりバカなんだ！

こんなにわかりやすく象徴的な言葉があったのか。

結局、私はしゃべりバカ。

今や大のお気に入りフレーズであり、頻繁に使わせていただいている。

まったくのしゃべりの素人をしゃべりバカとして目覚めさせてくれた会社に「あいつはこ

この出身だ」と胸を張って言っていただけるような仕事をしていくのが自分にできる恩返し。日々そのバカに磨きをかけていくことが私の生きている意味なのだ。

改めて振り返って、退職を決断するまで、そして決断してから伝えるまで、今となってもいい思い出などのはずがなく、いまだに思い出すだけで胃の痛みを覚えるのである。

見え過ぎちゃって〜♪

2017年9月をもって退社したものの、番組はありがたいことに何も変わらず継続が決まり今に至っている。個人的な状況を放送で言う必要もないので、変わりのない日常放送から、私がフリーランスになったことを知らない人がほとんどだったはずである。

ただ私自身の立場は、もはや企業に属す会社員ではない。

会社員時代はまわりのスタッフからいろいろと支えてもらっていたが、今や全部が自己責任・自己負担の中でのことになる。

組織の中で役割として果たしていた業務は、今ではすべて自己管理。自分一人で動ける身軽さとともに、負うものは違った比重を持つ。自分を支えてくれる会社は後ろにないのだから、自分で全部やらねば始まらない。自己完結の厳しさと潔さ、決して会社員時代には味わえなかったものである。

外に出てみると今までとはまた違う視野が広がる。

営業スタッフにサポートしてもらっていた人間関係にしても、自ら動き、またその先で新たな人脈がダイレクトに出来上がる。多くの方の考え方や経営理念など、放送とはまた違う情報がさまざまに得られる。それもインターネットなどによらない温もりを持った生きた情報。人と人とのつながりが人肌感覚で実感できる。

しゃべりの現場だけではわからなかった、人との触れ合いでもたらされるたくさんの学び。人の数だけ思考がある。出会えば出会っただけ見えるものがあるものだとこの年にして実感する。

今までは会社を通しての自分の価値・評価であったが、今は裸の自分一人によるもの。歴史と伝統が作り上げたブランド力などないのだから、自分のブランドは自分で作り上げるしかない。自分の評価・一人の人間としての価値がダイレクトにわかる厳しさとやりがいは組織を離れてこそのもの。

たとえ仕事で関わっても、〝仕事〟で結び付く人と〝人〟として結び付いている人がいる。

やはり、人は他人を〝人〟として好きになり惚《ほ》れたいものだなと強く思う。

ありがたいことにフリーになってCM・講演・イベントなど、すぐさまオファーをいただいた。中には、古くからの友人・知人からの依頼も多く、私のことをちゃんと見て、聞いてくれていたんだと驚きとともに受け止めるものがある。

組織ではなくて一人のしゃべり手としての評価。個人になったからこそ届くオファー。それにより生まれる想定外に広がる景色。そんなつながりは、組織を離れてこそ実感できた喜びの一つになる。

本当の顔が見えてしまう喜びとさびしさ。見えているつもりで見えていなかったもの、見えていなかったが見えるようになったもの。当然のことかもしれないが、改めて組織のフィルター越しの視界は、視力矯正が必要なものなのだといまさらながら思う。

しかし、それにしてもおもしろい。幼き頃、世界中を舞台にラーメンからロケットまで扱う商社マンになりたかった男である。それが現実の中で変わり、言葉を武器に口でなんでも扱えるアナウンサーになり、今では企画・営業・現場と一人で総合商社のようなことをやっているのだから。

エピローグ

前回の出版からもう3年がたつ。もうである。ついこの間2000回を達成したと思ったらもう今度は3000回だ。

この1000回の間にいくつかの環境の変化があった。何より菊地恵子さんが逝ってしまった。とてつもなく大きな変化である。またそれによるところも大きいのだが、私自身がフリーランスとなった。

日々動いている中で何も変わらぬことなどあり得ない。その変化の中でどう自分が対応していけるのか。

3000回を記念して今回またこのような本を出す機会に恵まれたが、これも日々続くラジオ番組があるから。ラジオは生活の一部、暮らしに溶け込んでいると言われるが、信州におけるその浸透度の高さは幸せなことと実感している。

ただし、2000回の次はいきなり2500回になったわけではなく2001、2002と1回1回の積み重ねでしかなかったのであり、気づいてみたらまた1000回という数を重ねたのである。

多くの方に「ずっと続けてください」「4000回、5000回と続けてください」と言われる。ありがたいメッセージだが、続けることが目標になってはならない。結果として続くことは大事なのだろうが、続けることが目標となるとそこには欲が生まれる。そう、続けるためにはペース配分を考えるもの。そんな打算が入った瞬間に本来の姿を失うことになる。しかもそれは一瞬のこと。

日々全力で向かってこそ明日を迎える資格と意味が生まれる。今日を目いっぱい生きない者にキラキラ輝く明日は来ない。今日精いっぱい生きた者へのご褒美《ほうび》が明日という日なのではなかろうか。

楽しみな明日という日を迎える資格を日々得られるように毎日全力で生きる。

生きている意味を考えるだけでも生きている価値が生まれる気がする。

最後に、ここまで生きてきた自分をずっと支えている言葉がある。19歳の時に亡くした母親が、私の幼き頃に常々言っていた言葉だ。

『他人と違うって良いことなんだよ』

価値観の多様化などという言葉ももちろんなかった時代である。横並びに安心感を覚える空気は当時もあったはずである。その時代にそう言ってくれていた胸中は、今や知ることはできない。

しかし、当時個性も多様化も知らない自分が、他人と違うということに違和感を覚えずここまで生きてこられたことに感謝している。それはきっと心の奥底に無意識に刻まれたこの言葉のおかげである。

「他人と違って良い」の言葉は自分の羅針盤《らしんばん》として長きにわたり頼れるものとなってきた。

他人と違う選択もまた個性。

自分の価値観は他人と違って当たり前。

そもそも自分の人生の良し悪《あ》しを他人が決めるものではない。良いか悪いかでなく、他人がどう見ようが自分が納得できるか否かである。これが自分の、自分にしかできない選択なのだから。

自分を受け止めてくれる多くの受け手や、ずっと変わらずサポートしてくれる番組スタッフや多くの関係者に感謝を忘れずみんなに楽しんでもらえるように今後も日々成長していきたい。無駄にできる時間など1秒たりともないのである。

生きたかった人の分までとはおこがましいが、そんな方々に恥ずかしくないように、胸を張れるようにまた一歩ずつ、前に進んでいくだけである。
自分ができることを自分だけのやり方で…。

坂橋克明

坂橋 克明（さかはし・かつあき）

昭和40年（1965）、長野市生まれ。早稲田大学卒業後、信越放送に入社。SBCテレビ「みどりのたより」「ほっとスタジオSBC」、SBCラジオ「わいわいワイド ラジオの王様」などを担当。元信越放送アナウンス部長。現在はSBCラジオ「坂ちゃんのずくだせえぶりでい」（月一金曜9：05～12：59）のパーソナリティーを務める。趣味は健康と阪神タイガース。

おもな受賞歴に民間放送連盟賞ラジオ番組生ワイド部門優秀賞（2009）、同賞ラジオ番組エンターテイメント部門優秀賞ナレーション（2009・2013）などがある。著書に『読むラジオ 坂ちゃんのずくだせえぶりでい』（SBCラジオ・しなのき書房）がある。

続・読むラジオ 坂ちゃんのずくだせえぶりでい

2019年11月21日　初版発行

著　者　坂橋克明

発行者　林　佳孝　発行所　株式会社しなのき書房

〒381-2206 長野県長野市青木島町綱島490-1

TEL026-284-7007 FAX026-284-7779

印刷・製本／大日本法令印刷株式会社

ISBN 978-4-903002-60-6